一日の苦労は、その日だけで十分です

三浦綾子

監修＝三浦綾子記念文学館

小学館

一日の苦労は、その日だけで十分です

『一日の苦労は、その日だけで十分です』　もくじ

第一章

第二章

装画・挿絵　としえ
ブックデザイン　鈴木成一デザイン室

第一章

この夢は誰の計らい

夢とは一体何だろう。夢を見ない日のない私は、時々そう思う。今年になって私は、相似た境地の夢を二つ見た。

その一つは、初夢に見たM子の夢だ。M子は幾年か前に、私に背を向けて去って行った女性である。そのM子のために、私は夢の中で買い物をした。その買い物が何とも豪勢で、テニス・コートを買ったのである。M子はテニスが上手であった。

それから間もなく、もう一つの夢を見た。A氏の夢であった。A氏は、ちょっとしたことから私を誤解して、あちこちで私の悪口を言っていることを、人づてに聞いていた。もともと友人ではない。そのA氏が夢に出てきた。暗い小道を、背を丸めて彼はとぼとぼと歩いていた。私が家に帰ると、何とそのA氏が、わが家の下宿人になっている。バツの悪そうな彼に、私は大いに喜んで、数々のごちそうを作ってやった。彼はものもいわずに食べていた。

食事が終わると、私は早速カラオケの道具を出してきた。実は現実の氏は、毎夜のように繁華街に現れて、カラオケに興じているのである。夢の中でマイクを持った彼は、何とも言えぬうれしそうな顔を見せた。

M子の夢もA氏の夢も、さめて甚だ快かった。M子もA氏も、一生私に背を向けて生きる人たちかも知れない。だがそんなことはどうでもよかった。私は彼らに心から好意を持って、夢とは言えテニス・コートを買ってやり、ごちそうしちゃったのだから。

それはともかく、私を嫌っている人に親切にする夢を、私に見せてくれたのは一体何なのだろう。日ごろ自分を敵視する人間を、夢の中で好きにしてくれたのは、一体誰の計らいなのであろう。私には、これも神さまの導きに思えてならないのである。

私を見守ってくれた暖かい目

割合、早熟だった私は、小学校三年生のころ、おばがとっていた婦人雑誌を開きたがっていた。

この折々開いていた婦人雑誌が橋渡しになってか、四年生のとき、菊池寛《きくちかん》の分厚い単行本を読んでいたのである。

しかし、一方では、佐藤紅緑《さとうこうろく》や、吉川英治《よしかわえいじ》などの少年少女小説に夢中であった。これらの小説は、みな、貧しい者への共感、優しさ、正義感などのみなぎっていた小説であった。

これらの小説から受けた感動は、いろいろな意味で長く、私の人生に影響しているような気がするが、忘れることのできないものはやはり、菊池寛のある作品であった。

当時の小説は、ルビが付してあり、決して読めない字はなかったように記憶している。そのうえ菊池寛の文章は、子どもの私にも理解できるほど平易であり、簡潔であった。彼の明解な、物事への判断が、子どもの私にもスカッと割り切れて、よくわかったのであろう。

とにかく私にとって「その作品」はおもしろかった。いまはもう記憶もさだかではないが、ひとりの男をふたりの女性が愛していた小説のような気がする。男は驕慢《きょうまん》な女性と、清純な少しさみしげな女性が登場していたような気がする。男は清純な女性を愛していたはずなのに、まちがって、驕慢な女性を愛してしまうのだ。なにしろ「その作品」を読んだのは、そのとき一回限りであったから、この記憶は不確かなものかもしれない。あとで読んだいろいろな小説と、あるいは取りちがえているかもしれない。

しかし、それはどちらであっても、私にとってはかまわないことである。私にとってだいじだったのは、おたがいを恋うる激しさが美しいと思ったことだった。

私はその後一度も、恋愛をはずかしいものとか、みにくいものとか思ったことがない。これはそのころの小説に、露骨な描写がなかったためもあろう。とにかく大きくなったら、私もすばらしい恋愛をしたいと思ったものである。そして、その恋愛とは、無論現代のように、決して快楽的なものでなかった。プラトニックな、純粋な愛情であった。

最初に読んだ恋物語が、かくもせつなく美しいものとして、幼な心に刻みつけられたことは、私の生涯のしあわせであった。

私はその後よい恋人を与えられ、よき恋愛をした。それは恋愛をすることによって、おたがいの人格が高められるというたぐいのものであった。そしてこのような男女間のあり方への願いが、結婚後十年のいまに至るまで、私の生活に作用しているように思われる。

むろん、これは最初読んだ恋愛小説だけが、これほどまで強烈に、私の人生に影響を及ぼしたというわけではない。

だが言えることは、一つの本が、また類似した本を呼ぶということである。そして何らかのつながりを持ちつつ、その読書が一つの傾向をたどることは、否み得ないように思う。

途中どのように雑多な本を読んでも、切れ切れにでも一つの脈絡を保った読書傾向が生まれるのではないだろうか。

ここで私が述べたいのは、実は小学校の四年生であった私の、早熟な読書に対する周囲の態度である。父も母も、私が何を読んでいるかは知らなかった。父の妹であるおばが同居していて、このおばが、いち早く私の読書傾向に気づいたのだ。そしてこのことは、受持《うけもち》の教師の耳にはいった。

受持の教師は、二十七歳の独身の女教師で詩人といわれていた。渡辺ミサオ先生といった。

「堀田さん、あなたはおとなの小説を読んでいるそうですね。」

先生はニヤニヤ笑いながら言った。とがめる顔でなかったから、私は安心して「はい。」と答えることができた。

「先生はね、六年生になるまで、まだその本を読まないほうがいいと思いますよ。」

「六年生になったらいいんですか。」

内心私は、四年生と六年生と、どれほどのちがいがあろうかと思った。

「六年生になったらお読みなさい。」

私は、先生の目をしっかり見つめながら、うなずいた。私に対する先生の態度が、上からではなく、友人の忠告のように、何か親しいものに思われた。そしてその忠告の仕方は、決して私の自尊心を傷つけなかった。いや、それどころか、私は内心こう思ったのだ。

(私は、六年生の読む本を読んでいるのだ。)

私は相変わらずおとなの本を読みつづけた。しかも五年生になって、私は恋愛小説を書いた。それは夏休みに、ノート一冊にびっしりと書いた長い小説であった。時代は江戸時代である。先生はその小説を、クラスのみんなに読んで聞かせてくださった。

これは当時の小学校教師として、果断な処置であったように私は思う。なぜなら、まだ恋愛というものを、おとなたちはゆがんで見ていた時代だったからである。

そのうえ、渡辺先生は私に一冊の厚い文章規範をくださった。その本の中には、徳《とく》冨蘆花《とみろか》の『みみずのたはこと』夏目漱石《なつめそうせき》の『坊っちゃん』有島武郎《ありしまたけお》の『碁石を呑んだ八っちゃん』をはじめ、かなり高度の文章、詩などがおさめられていた。

先生はもはや、おとなの小説を読んでいるかなどとはきかなかった。その暖かい目を、私は私なりにありがたく受けとって、自由に読みたいものを読むようになった。

もし四年生のあのとき、先生が私をとがめ、早熟でいやらしい子だという扱いをしたら、いったい私の読書はどのようなものになっていったであろう。やはり、詩人といわれていたほどの先生であったと、私は敬意を新たにするのである。

三平汁の思い出

小学校四年の夏休みにわたしは初めて汽車に乗って、父母の郷里苫前《とままえ》に行った。苫前は北海道北の日本海に面する一漁村である。ここに、父の従兄《いとこ》が興行師をしていた。村の映画や演劇はこの人が呼ぶのである。その人に連れられて、わたしは隣の町の映画館に行った。

まだ無声映画時代のことで、旅まわりの辯士《べんし》二人が一緒だった。その夜、わたしたちは羽幌《はぼろ》の映画館に泊ることになり、夕食を館主の家で御馳走《ごちそう》になった。テーブルには、わたしたちの他に日本髪をゆった、浴衣姿の女が何人かいた。子供のわたしにも一目でそれとわかる水商売の女である。それが芸者だったか酌婦だったかは、わたしにはわからない。ただわたしの隣にすわった女の水おしろいを白くぬった刷毛のあとが、その首を妙にもの悲しく見せていたのを今も憶えている。

わたしは、皿に盛られたその料理を見て、ハタと困惑した。三平汁《さんぺいじる》なのだ。三平汁というのは、旧松前《まつまえ》藩の賄《まかない》を受け持つ斎藤三平《さいとうさんぺい》という人が初めてつくったと言われる北海道料理の一つである。もともとは塩鰊《しおにしん》をだしにして輪切りにした大根、じゃがいもに、ささげやきゃべつなど好みの野菜を入れた鍋料理らしい。わたしたちの子供の頃には、既に塩鰊の代りに、塩鮭も使っていた。海が荒れて生魚がとれない時に備えた料理だという。

わたしが困惑したのは、魚がきらいだったからである。と言っても、鮭とまがれいだけは食べてはいた。だが、魚を汁に入れたのは、もうなまぐさくて頂けない。何しろ、昆布が豊富で安かった時代である。わが家の味噌汁のだしは昆布一辺倒であった。よその家で煮干や、かつお節を使った味噌汁を出されると、わたしは一口で吐き出した。

そのわたしの前に、三平汁が、深い三平皿に盛られて、デンと置かれたのだ。わたしは困ったが、仕方なしに、もそもそと御飯だけを食べはじめた。さすがに、

「三平汁はきらいだ」

とは言えなかったのである。

すると、わたしの隣にすわっていた白い首の若い女が小声で言った。

「あんた、三平汁きらいなの?」

わたしは仕方なしにかすかにうなずいた。

「よその三平汁はどうかわからないけれど、ここのはおいしいのよ。お料理屋だから」

女はやさしくわたしの耳にささやいた。館主は料理屋も経営していたのである。料理屋の三平汁だろうが何であろうが、わたしは魚の入った汁はきらいなのだ。箸をつけようとしないわたしを見て、女の人は淋《さび》しそうに笑った。

その笑顔が、わたしには妙に胸に応えた。こんな淋しそうな笑顔の大人を、わたしはそれまでに見たことがなかった。わたしは三平汁に箸をつけないことが、非常に悪いことのような気がした。

わたしは意を決して、おそるおそる、三平皿の中に一きわ緑の濃いささげを、先《ま》ず口に入れた。ふしぎだった。なまぐささは少しもない。じゃがいもも美味しかった。鮭もきゃべつも汁もうまかった。いかにして、この奇蹟《きせき》が起ったのであろう。皿は忽《たちま》ちにからになった。

女の人は嬉《うれ》しそうに、

「お代りにする?」

とたずねた。わたしはうなずいて、テーブルの真中にある大きな鉄なべから、わたしの皿に盛ってくれるその人の青白く細い手首をみつめていた。

それ以来、三平汁はわたしの好物の一つになった。残念ながら、年齢のせいか塩分を多く取れなくなって、近頃は三平汁もめったに食べない。あの若い女の淋しそうな笑顔を思うと、もっと食べなければ悪いような気はするが。

ガラにもないこと

療養中に、私が歌をつくりはじめた頃、「短歌なんてガラにもないことをはじめたね」と笑った友人がいた。

それでも、

相病めばいつまで続く倖《さち》ならむ
唇《くち》合わせつつ涙滾《こぼ》れき

などという私の歌を諳《そら》んじてくれるファン？　が何人もできて、笑っていた友人もいつのまにか私の歌のファンになった。

十三年にわたった肺結核とカリエスも治り、雑品屋も買わないような廃品同様の三十七歳の私と結婚したのは三浦《みうら》である。私が結婚すると聞いて、私の父は、

「誰だ、相手は。人間か」

といった。まったくの話、父にとって四十近い病みあがりの娘と結婚してくれる人間の男性がこの世にいるとは思われなかったのであろう。

それが三十五歳の敬虔《けいけん》なるクリスチャンで、旭川営林局につとめている人間の男性と知って父は驚いたようである。三浦は五年にわたって私の全快を待っていてくれた。

この三浦はいままでどの小説にも書かれたことのないような、実に品行方正で克己的で、毎日私が頭をさげざるを得ない人間である。従って私はあまりの幸せの連続の中で、短歌をつくることも忘れてしまった。十年続いた日記も書かなくなった。私は毎日ニコラニコラと暮している。

これではいけないと書き出した小説『氷点』が幸運にも「朝日新聞」の懸賞小説に入選したのである。私が小学校の教師をしていた当時の教え子が朝日の記者にこういっていた。

「ぼくは先生が体操の先生だとばかり思っていました。まさか小説を書かれるとは……」

まったくガラにもないことだというように、その教え子は私をチラリとみて笑った。

短歌にしろ、小説にしろ、とにかく他の人からみるとどうやら私という人間のガラにもないことらしいのが、私にはよくわかった。

何のために生まれて

「お前は何のために生まれて来たか」と尋ねられたら、「忘れものをするために生まれて来た」とでも答えたらよさそうなほど、私は忘れものをする。

十代の時から、コーモリ傘を何十本忘れたか。手袋を幾十度忘れたか。幾十足と言えないのは、不思議に片方だけ忘れてくるからである。帽子もよく忘れてくる。腕時計の忘れものも多かった。「多かった」と過去形で言うのは、二十年来腕時計をしなくなり、今は忘れようがなくなったからだ。なぜ腕時計を忘れるのか。病的なまでに手を洗うことの多い私は、手を洗う時腕時計を外す。そしてそれをついうっかり、置いてくるというわけである。

貯金通帳を忘れたことも幾度あったことか。財布はむろん、実印も忘れたことがある。この場に書くのは、いささか憚《はばか》られるが、パンティを置き忘れてきたことさえある。と言うと穏かではないが、灸《きゅう》師の所に行った時のこと、パンティをつけたまま、先《ま》ず湿布をし、そして灸をしてもらった。その際湿布でパンティがぬれたので、はき替えた。そしてそのまま、ついうっかりと置いてきた。何とも恥ずかしい次第であった。

神は、私を平凡な人間につくって下さったが、只《ただ》ひとつ、傑出？　した才として「物忘れ」の才を与えてくれたらしい。私の母が、

「よく命を落してこないものだね」

と呆《あき》れたことがある。三浦も、

年下の吾に叱られおろおろと
夜更けもの探す哀れ吾《わ》が妻

と歌に詠んだものだが、近頃は「いいよいいよ、地球の上には確かにあるのだから」という名言？　をもって慰めてくれるようになった。

さて、失せものは天才的に多いが、拾いものは滅多にしたことはない。只、夢の中では妙に金を拾う。十円が落ちていると思ったら、その傍に百円玉があり、そのすぐ横にまたたくさんの白銅貨が落ちている、などの夢が多い。拾っても拾っても、尽きることなく落ちている。吾ながら浅ましい夢で、覚めてからひどく自己嫌悪にお

ちいるのだが、この頃は夢の中で、

「ああ、これは夢だ」

と言って、拾わずに過ぎることが多くなった。

タクシーの座席の背とシートの間には、よく小銭が落ちているものだと聞いたことがある。ある時銀行でそのことを思い出し、坐《すわ》っている椅子の隙に手を入れて見た。と、百円、十円、五十円と出てきたので、早速窓口に届けた。おもしろくなって別の椅子を探って見た。そこからもたちまち二、三枚出てきた。また届けに行き、三つ目の席を探ったら、何とそこにも小銭が何枚もあった。

（あっ！　これは夢ではないかしら？）

私は不意に妙な気持になって、またまた窓口に持っていくと、

「ずいぶん落ちているものですねえ」

と、窓口氏は感心したような、さげすむような顔で笑った。

ふるさとの中のふるさと

「ふるさと」というと、「懐かしい」という言葉が、すぐに連想させられる。そしてまた「遠い」という言葉も……。

だが私は、旭川に生まれ、旭川に育ち、今もなお旭川に住んでいる。だから旭川は私にとって「遠く」もなく「懐かしい」という言葉を使うのも当たらないふるさとなのだ。

それでいて私の胸の中には「遠いふるさと」がある。「懐かしいふるさと」がある。それは私が、生まれてから満五歳まで住んでいた四条と五条の仲通りの十六丁目界隈《かいわい》だ。

その町内に、㊄藤田という酒造会社があった。そこには酒を醸造する大きな桶があって、会社の広場に、その桶が十も二十も横にされて並んでいた。恐らく、新しい酒を仕込む前に、きれいに洗って干してあったものだろうが、私たち子供は、その桶の中にござを敷いて、ままごとをしたものだ。子供たちには、実に楽しい遊び場だった。

桶に染みついた仄《ほの》かな酒の香が、今でも私の胸の中に漂っている。

この会社には、白壁の倉が幾つかあった。幼かった私には、のしかかるような大きな建物だった。この倉と倉との間に、細い路地があって、タンポポが幼い私たちの胸のあたりまで、ひょろ長く咲いていたのを思い出す。この路地と路地の間が、大人の言葉で言えば、実に神秘的な、幽玄な場所に思われた。なぜかこの倉の陰に人影を見たことが一度もない。ま昼でも、そこは他とはちがった一種独特な空気が漂っていた。苔《こけ》の匂いを知ったのもこの路地だ。不安とも淋《さび》しさとも知れぬ思いを知ったのも、この路地だ。

私にとって「ふるさと」とは、あの大きな酒桶の仄かな香りと、あの路地の持つ空気であるような気がする。当時から三十七年経《た》った頃、私は小説『氷点』を書いた。その時に私は、小説の主人公の住む家のモデルを探して歩いた。家庭ではなく家屋である。そして、この家以外にないと思い定めたのが、偶然、この会社の社長藤田長次郎氏の家であった。

恐ろしかった夜道

わたしの女学校時代の友人に菅原キミさんという、愉快な人がいる。この間、彼女の要請で、帯広地方の音更《おとふけ》という町で講演をした。そのあと、彼女がわたしのホテルに来て、つくづくとわたしの顔を見てイワク。

「ね、あんたみたいな顔でも、きれいだなと思って三浦さんは結婚したのだろうか」

失礼といえば失礼だが、それが失礼に感じさせない人徳を彼女は持っている。女学校時代から、彼女はわたしを「ブス、ブス」と時々呼んでいた。

わたしは、何人かの下級生から、ラブレターを貰《もら》ったりして、割合あこがれられてもいたので、

(そんなに、わたしの顔はまずいかなあ)

と思いながらも、腹は立たなかった。それどころか、菅原さんが好きで、よく七条十一丁目の彼女の家に遊びに行った。夜遅くなると、彼女は九条十二丁目のわたしの家まで送ってきてくれる。わずか四町ほどの道だが、恐ろしく暗い不気味な道だった。

警察署がすぐ近くにできた今でも、空巣《あきす》や泥棒によくねらわれる地帯である。彼女の家の裏は二町四方の高校の敷地があり、この学校の横には測候所がポツンと建っていた。つづいて四、五軒の測候所官舎が板塀にかこまれて建ち、その向こうは大きなくるみの木がうっそうと繁《しげ》り、土木現業所の広い敷地だ。おまけに通りをへだてて刑務所の高い塀があった。

そんな大きな建物ばかりある、いわば人口過疎地帯を右手に見て、わずかの人家が立ち並ぶ夜の通りを行くのは、大の男でもひとりでは歩きかねる場所だった。

彼女の家のそばで、わたしの叔母《おば》はハンドバッグのひったくりに会ったことがあり、測候所の横で、わたしも、わたしの長兄も火の玉がふわりふわりと飛んでいるのを見たことがあった。

菅原さんの家で話がはずんでいる時はよいが、いざ帰るとなると心細い。彼女は毎回、必ずわたしを送ってきてくれた。

「えへへ、似合うかい」

山高帽をかぶり、二重マントを着て肩をいからし、高下駄《げた》をはいて、ガラガラと音をたてて歩く。つまり、彼女は男装するのである、高下駄をはくので、わたしより背丈が高く、わざといからした肩も結構男に見える。やや頼母《たの も》しく見えるものの、中身は同じ年の少女である。

それでもひとりよりも安心だから、わたしは暗い測候所の横を、勇をこして歩いて行った。街灯がひとつポッンと灯《とも》っていて、もうどこの家も寝しずまっている。その街灯の下を歩くと、ふたりの影が大きく揺らいで、ぐるりと回る。

やっと両側に家のある九条通りに出る。だが、むかし、看護婦が自殺したとか殺されたとかいう病院と、のちに幽霊がでると騒がれて、ついに庭の木を伐《き》ってしまった大きな家との間を行かねばならない。

ふたりは、もう、押しだまって、肩をくっつけあって歩いて行く。

わたしは、白い看護婦姿が目にちらつき、幼いころに見た火の玉が目に浮かぶ。ああ早く帰ればよかったと悔いるが、後悔先に立たずである。

やっと、わたしの家が見えてくると、わたしはホッとして、

「どうもありがとう。もう大丈夫よ。菅原さんひとりで大丈夫?」

という。彼女は、

「大丈夫、大丈夫。へんな男が来たら、この下駄を脱いで、ガンと殴ってやるもの」

と笑って帰って行く。その後ろ姿はいかにも男の姿だったから、わたしは安心して、家にかけこんだものだ。

こんな恐ろしい思いをするのはいやだから二度と夜遅くなるまいと思っても、つい彼女の話術に魅せられてしまい、またぞろ山高帽の彼女に送られる仕儀となるのだった。

今考えると、彼女はやっぱり優れた人物だったと思う。わたしが恐ろしいように、彼女だって夜道は恐ろしかったはずである。わずか十六、七の小娘であった彼女が、男装をしてわたしを送ってくれたのは、並々ならぬ勇気と友情であったと、今にしてはじめて彼女の誠実を思うのである。この彼女が、わたしに聖書を勧めてくれた初めての人でもあった。

それはともかく、この一帯は、ひる歩くと緑の多い美しく静かな所だった。アカシヤの並木の白い花も、測候所の広い草原も、校庭の一画の、けぶるような落葉松《からまつ》並木の新芽も、すべて美しい界隈《かいわい》だった。

たまにここを通ると、昔のままの菅原さんの家が残っていて、わたしは彼女が二重マントを着、山高帽をかぶって出てくるような、懐かしさを感ずるのである。

クリスマスの思い出

もう二十五年も前の思い出である。わたしはまだ求道中で、クリスチャンではなかった。胸を病んで、その年の十月旭川の日赤病院にわたしは入院した。

その頃のことは、わたしの自伝小説『道ありき』にもふれてあるが、あの年の幸いなクリスマスを知っていただきたいので、あえてここに少しく述べてみたい。

わたしの病室は、八人部屋だった。そして病棟には同じような部屋が六つほどあったと、記憶している。

わたしの病室のふんいきは、必ずしもよくはなかった。糖尿病、カリエス、肺結核、腹膜と、何《いず》れもひと筋縄ではいかない病気を背負っている患者たちだった。だから、気持が時折一オクターブ上ったり、下ったりするのだ。無理もなかった。

その中に、一人の高校生がいた。彼女は自殺を企て、未遂に終り、それが引金となって肺結核を発病していた。ひどく暗い感じの少女だった。

やがて十二月になった。どこの病室でも、それぞれに趣向をこらした飾りつけがはじまった。男子の病室では、どこからか大きな松の木を切って来て、華やかにクリスマスの飾りをはじめた。部屋の隅から隅に向って、モールを飾りつける病室もあった。だがなぜか、わたしたちの病室だけは、一向にそうした動きはなかった。他の部屋では、きれいに飾ったという話は出ても、自分たちの部屋を飾ろうという話は出なかった。

病室というものはふしぎなもので、必ずその部屋の中心的な存在が出来上る。わたしはまだその部屋に入って、一ヵ月そこそこしか経《た》っていなかったから、何の発言もせずひっそりと日を送っていた。そのわたしに、どうしたわけか、ある日部屋の人たちが言った。

「堀田（わたしの旧姓）さんわたしたちの部屋も、何か飾らない？」

わたしはちょっと驚いた。新参者のわたしに、なぜみんなはそんな相談を持ちかけたのか。考えてみるとそれは、わたし自身に何か力があったのではなく、彼女たちを動かしている一つの事実があったからだった。

それは、わたしのリーベ前川正《まえかわただし》のあり方だった。彼が毎日わたしを見舞う時、彼は部屋の人々全部に、いつもあたたかい言葉をかけた。

病室には、病気になったばかりに恋人に捨てられた女性が二人いた。だから彼の誠実なあり方は、みんなの一つの希望となったらしいのである。そしてその前川正はクリスチャンであった。そのことがわたしの株を上げたらしい。

わたしは日頃考えていたことを、彼女らに言ってみた。

「わたしたちの部屋は、他の部屋とちがったクリスマスの迎え方をして見ない？ ツリーは飾らなくても、牧師さんを迎えて、キリストの話を聞くのよ」

それが本当のクリスマスだとわたしは思った。だが、人はキリスト教の話など、堅苦しくていやかも知れない。わたしは内心そう思った。

ところが、意外にも同室の人たちの顔がパッと明るく輝いた。みんなはたちまちその話に飛びついた。

「他の部屋の人も呼ぼうよ」

「わたしがみんなを集めてくるわ」

「せめて活花《いけばな》だけは活けて」

「この部屋に、牧師さまがいらっしゃるの？ ああもったいない」

切り出したわたしが驚くほどに、彼女たちは熱心に準備をはじめた。

ある病棟の男子の部屋では、十人全部が出席すると返事が来た。これを聞きつけた小児科の子供たちが、

「ぼくたちの部屋にも、牧師さんに来てほしい」

と、真剣に頼みに来た。

こうして、クリスマスの二十五日より三日遅れた二十八日の夜、クリスマスの集会は持たれた。三十余名の集会だった。

この時の牧師の話は、誰にもむずかしかったらしい。が、週に一度はこんな集会を持っていきたいと、人々は希望した。

そしてその集会はつづいた。わたしは、翌年二月の二十一日に札幌に転院したが、わたしの去った後も、この集会はつづいた。

クリスマス・ツリーを飾るかわりにひらいたこの集会で、種をまかれた三人の人がキリストを信じた。その一人に、かの自殺未遂の少女がいた。彼女はいまも熱心に教会に奉仕している。他の一人も、よきクリスチャンとして活躍している。あの夜神が、わたしに与えてくれた、すばらしいクリスマスプレゼントだと、いまも感謝している。

クリスマス・ソングのことなど

私が肺結核を病んで四年目のクリスマスだった。その時私は、旭川市の白雲荘《はくうんそう》という小さな結核療養所に入所していた。

敗戦後三年が過ぎていたが、戦時中熱心な小学校教師だった私は、敗戦のショックで実にニヒルな人間になっていた。私と同様、ニヒルに、退廃的に生きている若者の少なくない時代であった。

療養の身でありながら、私には生きたいという切実な願いがなかった。何を求めて生きるべきかがわからなかった。神も理想も政治も未来も、何一つ信じられなかった。そして、死がさして恐ろしくなかった。

湯たんぽのぬるきを抱き眼醒《めざ》めゐる
このひとときも生きてゐると言ふのか

惰性にて生きゐる吾と思ひたり
体温計をふりおろす時

この私の歌が示すように、倦怠《アンニュイ》の中に生きていた。

その夜がクリスマス・イブであることは知っていた。が、それは私と何の関わりもなかった。消灯後どのくらいたった頃だろう、不意に窓下から讃美歌《さんびか》が聞こえてきた。驚いて私はベッドを下り、窓のカーテンをあけた。二階から見おろす雪道に、十数名の若い男女が、療養所を見上げて、「聖《きよ》しこの夜」をうたっていた。クリスマス・キャロルだった。

私は思わず胸を衝《つ》かれた。すべてを皮肉な目で見ながら生きている私だったが、空も凍てつく寒い夜、患者たちのためにうたってくれる姿に、心打たれずにはいられなかった。

私がニヒルから脱して受洗したのは、それから三年もあとだったが、あの寒夜、讃美歌をうたってくれた人々を思うと、今も胸に痛みが走る。今にして思えば、あの時先頭に立っていたのは、常田二郎牧師であった。

私は歌をうたうことは下手だが、聞くことは好きだ。私が今覚えている讃美歌のほとんどは、十余年にわたる療養時代に見舞にうたってもらった讃美歌だ。札幌医大病院に入院していた頃、看護学生たちが、よく私の枕もとに来てうたってくれた一つに、讃美歌一三八番「ああ主《しゅ》はたがため」があった。更に、三浦が初めて私を訪ねて来た日うたってくれたものに、「主よみもとに近づかん」(三二〇番)がある。多分私の葬式の時に、この二つはうたわれるにちがいない。

ところで、世界的な歌手と言われる鮫島有美子《さめじまゆみこ》さんの讃美歌は、何と心を清めてくれることだろう。私は鮫島さんの歌に、クリスマス・イブに点《とも》されたローソクの、炎のゆらめきにも似た澄明さ、やわらかさ、ほのあたたかさを感ずる。本当に心ゆるした人と、何時間も語り合っているような、そんな思いになって、いつまでも聞き入ってしまう。今年は、あの療養所の窓下に来た人たちのやさしさを思い出しながら、鮫島さんの歌でクリスマスを過ごしたいものだ。

わたしたちは忘れてはならない

買物公園《かいものこうえん》を歩いていて、ふっと足をとめたくなるのは、何といっても喜々と遊ぶ子供たちの姿である。動物の模型に乗っかったり、木馬に揺られたりしている姿である。そんな幼子たちの姿には、光が溢《あふ》れているようだ。たとえ、その日が、曇《くもり》であっても、その辺りには明るい光が漂っているようだ。

あれは何年前であったろう。まだ、ニュー北海ホテルが四条八丁目にあった頃だった。当時の五十嵐市長、タヌキヤの小河原さん、室内インテリアの島崎夫人、そしてわたしのたしか四人で、買物公園の夢を語り合った。

「駅に降り立った旅人が、歩いてみたくなるような街にしたい」

わたしも、そんな発言をした。

しかし、芝生と花と噴水の買物公園を夢みながら、本当にそんな街はつくられるのかと危《あや》ぶんだものだ。

なぜなら、買物公園は当時国道で、一日何万台かの車が走っていたのだから。

いま、次第に他の街にも、似たようなストリートができつつある。いや買物公園より立派な歩行者天国ストリートもできるだろう。すると人々は、買物公園など、大した事業じゃなかったように思う日がくるかも知れない。

しかし、わたしたちは忘れてはいけない。旭川が買物公園をつくる時には、さまざまな困難があった。強力な反対者もあれば、法規上の問題もあった。それらを一つ一つ粘り強く克服し、のりこえてはじめて、日本最初の歩行者天国が誕生したのだ。これは旭川をまねて生まれた他都市の歩行者天国と断じて同じものではない。人間尊重とフロンティア精神が、わが買物公園をつくり上げたのであった。この事を忘れてはならないと思うのである。

豊かな川　流れる煙

丘にのぼると人は詩人になるらしい。特に、一望のもとに自分の住む街をながめるということは、へんにかなしいものである。よその見知らぬ街をながめるのとは、またちがった感慨があるものだ。

高砂台《たかさごだい》、観音台《かんのんだい》、旭山《あさひやま》、春光台《しゅんこうだい》など、旭川を展望する小高い丘は市の周辺に沢山あるが、嵐山《あらしやま》からの眺望《ちょうぼう》が私は一番好きだ。ここにのぼってながめる十勝岳は意外に高く、大雪山《たいせつざん》、十勝の連峰が実に堂々と見事である。もし旭川を眺望するのに、真正面というものがあるとするならば、嵐山からのそれを、私は真正面といいたい。

遠くに東川、東旭川、そして永山《ながやま》、比布《ぴっぷ》の田園までが望まれ、その手前に旭川の街が広がっている。牛朱別《うしゅべつ》川が旭橋のあたりで石狩川に合流し、美瑛《びえい》川と忠別《ちゅうべつ》川がさらにその下流で一つになるのが、ながめられるのも楽しい。

目の下の丘つづきに、旭ケ丘のアイヌ墓地がある。ここはほんの九百五十坪ほどの墓地で、えんじゅの丸太を一メートルぐらいに切って墓標とした、つつましい墓が並んでいる。この上川盆地に早くから住み、和人《わじん》の下に迫害されつつ旭川の発展の礎となった人たちの墓である。旭川に住む私たちは、せめて一度はここを訪れて、その人たちの一生に思いをいたすべきでないだろうか。

その向うに見える丘は春光台である。蘆花《ろか》の小説『寄生木《やどりぎ》』の主人公、篠原良平が失恋の傷手に耐えかねて泣きさまよった、あの春光台である。別名萩ヶ丘《はぎがおか》とも呼ばれ、ハギの花が多かった。六、七月のしたたるような緑の中に、小リスがチョロリと姿を現したりしていたものだが、今は学校や住宅がたち、次第に自然は荒されているようである。

萩群るる彼方に牛は移りゆき
夕日の丘に二人のみなりき

丘といえば、神楽岡《かぐらおか》のあたりはいい。上川神社裏のなら林の中を、かさこそと落葉を踏んでドングリを拾いながら行くと、いつか、ゆるやかな起伏の広い台地に出る。ここはスイカやメロンやかぼちゃがおいしくて有名な高台だ。台地と思えないような広い畑が続くが、やはり平地とはちがったふんいきの田園地帯である。東川から東旭川、そして永山と気の遠くなるような、行けども行けども田圃《たんぼ》また田圃という田園風景も実にいいが、この高台の持つ静かで清浄なふんいきのところはちょっとない。近いうちに、このあたりもジェット機の轟音《ごうおん》に悩まされるのかと思うと、何とも侘《わび》しい限りである。

この丘の平は広し北遠き
かの山並みに続くばかりに

旭川は川が多いが、わけても営林局の見本林の裏を流れる美瑛川畔は遠くに十勝岳の優美なすそ野が見えて幾度行っても見飽きない。旭橋に立って石狩川と牛朱別川をながめるのも捨てがたいが、ここはまたちがった趣きがある。この美瑛川に沿った見本林は私の小説の舞台となったところで、から松の新芽のころや、晩秋の木々の色づくころもよく、白一色の雪のころもいい。しかしこの林は七、八月ごろの下草がくらいほど茂っているころが一番印象的だ。外国針葉樹を主とした北海道最古の人工林で、ストローブ、ドイツトーヒなどをはじめ幾種類もの松林が次々とつらなっているのも珍しい。愛する人と二人でひっそりと肩を並べて歩きたいような林である。

あたたかき光の下を流れ来る
川広々し野の彼方より
雪虫の舞ふ松林出でくれば
胡桃林の急に明るし

どこから見ても、すぐ目につくのがパルプ工場の白い煙である。雪印乳業前の道からはいって、あの工場の裏に回ると原木置場がある。三浦と初めてここにきた時、原木の山、山、山がつらなっていて、私は名画の前に立っているような大きな感動を受けた。

旭川にはこの他いろいろといい所はあるが、百年後もしふたたび嵐山の上に立つことが許されるとしたならば、私はそこにどんなながめを見ることだろう。ねがわくは鋭い閃光《せんこう》に一瞬にして、廃墟《はいきょ》になった街や山の姿を見ないですむようにと祈らずにはいられないとは、何とまた不幸な世の中であろうか。

北国で春を待ちながら

旭川で通らぬ言葉

「暑さ寒さも彼岸まで」という言葉を教科書で知ったのは、小学生の時であった。子供心にも、何としても納得できない言葉だった。日本に昔からあるこの言葉が、自分の住む旭川には通らぬことに、さびしさを感じたものである。

今年は、春の彼岸を目前に、零下二十度までに下がった。折りから私の小説『塩狩《しおかり》峠《とうげ》』の映画化のため、ロケに来ていた松竹映画班の方々は、あまりの寒さに驚かれた。

東京のあたりは、とうにオーバーの要らない、ぽかぽかと暖かい陽ざしの中にあるころであり、桜の便りも聞かれるというのに、こちらは「雪国の春を待つ心」を書いてくださいとの依頼を受けるのだ。

居すわる冬に、寒地の税金を安くしてくれてもよいと、思わずつぶやきたくなるのも無理からぬことなのだ。

今夜、この稿を書くために、わたしはテラスのカーテンをあけて、改めて庭を眺めた。こんもりと積もっている庭の雪が、外灯の光にきらきらと銀砂のように輝き、冬囲いされた木々がいともひっそりと立っている。春の気配は、この庭のどこにもない。

それらを眺めながら、わたしはふっと気づいた。それは、この二、三年、わたしは以前のように、せっつく思いで春を待たなくなったということである。

残り少ない酒を、惜しんで飲む人のように、わたしもまた、残り少ない冬を惜しんで、雪景色を楽しんでいるような気がする。これはもう、五十を越えた者の本能的な生活感覚なのであろうか。自分の人生に、あと幾度まわってくるかわからぬ冬の季節を、最後の一滴までのみつくす貪欲な思いなのであろうか。それとも、もう、春は日ならずして来ることを知っていて、春をじゅうぶん楽しむために、冬に別れを惜しむ想いなのであろうか。

いや、生活も変わったのかも知れない。わたしの少女のころは、どの家もまだ一重窓であった。今では一重窓の家はほとんど見かけられない。昔は凍れた（しばれたと読む。北海道の寒さを現わす特有の言葉）朝は、寝ていてすぐにわかった。布団のえりが吐く息のために白くガバガバに凍っていたし、白い霜が、一センチ程の厚さで、壁一面をおおっていたものだ。床から出ると、無数の小さな針でも刺さるように、寒気が素肌に鋭かった。

雪とけて、なお沈黙

あのころの冬は長かったと、いまわたしはしみじみと思い返す。

それはともかく、雪国の春は、何といっても雪が消えなければ始まらない。次第に雪の降る日も少なくなり、雪がすすけて黒くなる。そしてある日、暖かい陽ざしの中に、ほろほろと水蒸気を上げる黒土の一角を見た時の、あの喜びと感動は、来る年毎にやはり新しい。はっと息をつめ、

「あ、土が出た！」

と、思わず叫ぶのも毎年のことだ。

それから幾日もたたぬうちに、子供たちは土の出ている路面や日向《ひなた》にむらがってくる。

古きタイヤころがして子供らが遊び居《お》り
雪消えて芥《あくた》の乾く空地に

いつかこんな歌を夫の三浦は詠んだ。

やがて、庭や畠《はたけ》にも土が顔を出し、雨でも降れば、押しひろげられるように土が現

れ、たちまちに雪は消えて行く。

一日に広がり消えし雪間かな　光世《みつよ》

こうなれば、庭すみや軒下に雪が残っていても春である。ただし花一つ咲かない浅い春なのだ。雪がとけてなお一カ月、北国の春は沈黙する。わたしはこの期間を黒い春と呼ぶ。長い間雪の下にあった枯草に、徐々にみどりがよみがえり、庭土に芽が出るだけのつつましい春だ。慎重な春の足どりに、わたしは順境に向う時の姿勢を知らされるような気がする。

春訪れぬ人生も

北国の本当の春は五月だ。

五月の十日ともなれば、喚声を上げるように一斉に花々が咲く。とけた雪が花になったかと思われるような白いこぶしの花、雪やなぎ、水芭蕉《みずばしょう》。そして桜もつつじも水仙も競って咲くのが五月だ。木々の新芽がまた、秋の紅葉より美しい。この五月の自然を思う時、わたしは次の聖書の言葉をなぜか思い出す。

「夜は夜もすがら泣き悲しむとも、あしたには喜びうたわん」

それでも、五月になって雪の降った年があった。人生にはそうしたことが、珍しくない。冬のあとに春のこない人生もある。そんなことを思いながら、わたしは春を待っている。

チミケップ湖

美幌《びほろ》峠で有名な美幌の町から、車で二十分ほどのところに、津別町《つべつちょう》がある。この津別町のPTAに講演を依頼され、私と三浦は出かけて行った。今年の七月のことだった。

講演後、PTA役員の有岡さんが、どこかへ案内すると言う。傍の阿部さんという四十代の色白の女性が、すかさず言った。

「津別峠か、チミケップ湖はいかがですか」

屈斜路湖《くっちゃろこ》、斜里岳《しゃりだけ》を一望のもとに見渡すあの美幌峠よりも、津別峠は更に高く、美幌峠を眼下に展望することができるという。私は大いに心動かされた。だがあいにくどんよりと曇った夏の日である。恐らく峠は、濃霧にとざされていることだろう。私は、あまり聞いたことのないチミケップ湖を望んだ。

車には、私と三浦のほかに、運転の有岡さんと、阿部さんたち二人の女性が同乗した。

車は程なく舗装路から外れて、田舎道に入って行った。道端に、何という花か赤い野生の花が咲き、道路の両側には燕麦畠《えんばくばたけ》、麦畠、そして花盛りの真白な馬鈴薯畠《ばれいしょ》がつづいている。狭くなった山合に小さな分教場がポツンと見えるのも珍しかった。山は次第に両側から迫って、ぼつりぼつり見えていた農家も、畠につながれている牛や馬も見えなくなった。時折車が山道にガツガツと腹をする。

「チミケップという名は、アイヌ語なんでしょうね」

チミケップとは、崖を破って、山水が流れ落ちるという意味だそうだ。

「チミケップ湖には、幽霊が出るといううわさがあるんだそうです」

「あら、幽霊ですか」

怪談好きの私は、それだけでじゅうぶんに心をそそられた。どんな湖だろう。

「あの湖で死んだ人は、二度と上らないんだそうです」

今年の冬、トラックが水に落ちたという。冬のことで、湖には、厚い氷が張りつめていた。その氷の上を、トラックが原木を積んで走っていたそうだが、氷が割れてしずんでしまったという。私には、トラックが原木を積んで走れる氷の厚さを、想像することはできなかった。

「そのトラックも、運転手さんもまだ上らないんですって」

多分湖底には、樹木が藻のように枝を張りめぐらせているのではないかと、私は想像した。

津別市街から、約二十キロの所にあるという湖は、エゾマツ、トドマツの原始林の中に、突如として現われた。それはまさしく、突如として目の前に現われたような印象を、私は持った。私は思わず息を呑《の》んだ。ほとんど波ひとつない湖水は、曇り空を映して、鉛色に鈍く重く光っていた。その湖の色に息を呑んだのか、幽玄ともいえるその静寂に驚いたのか、恐らくその何《いず》れにも私は驚いたにちがいない。

それは実に、何千年、何万年前の湖の姿と、少しも変らないにちがいない「太古」といえる姿だった。

人影がない、人の臭いがない。観光バスも、みやげもの屋もない。行き交う車も、前を行く車もない。トドマツや雑木の木の間越しに、水銀のようなとろりとした湖水を左に眺めながら、車は湖畔を走る。晴れた日は、恐らく青空を映して、澄んだ紺《こん》青《じょう》に変るのであろう。

湖の色は、常に空を映して、さだかではない。私は、朝焼のあかね色を映した水の色は、どんなであろうかと思いながら、目は飽かず見えがくれする湖に注がれていた。

人の臭いもないと思っていたが、人はいた。家はあった。幾曲りかのカーブをまがって、一軒ポツリと家の建っている湖岸に出たのだ。チミケップ漁業組合の事務所である。大きなエゾマツの下に、二階建の小ぎれいな事務所が建っていた。だが、静寂そのものの大自然の中にその建物はすっかりとけこんで、自然の一部になっている感じだった。

私はすぐに車を降り、水岸に近づいて行った。と、不意に足もとから羽搏《はばた》く音がした。驚く私の目の前の葦《あし》の群から、同時に何羽もの小ガモが辷《すべ》るように泳いで逃げた。小さな水脈《みお》が幾つも跡を引いた。二、三〇メートル程向うに小ガモらはかくれ、再び静寂はもどった。水脈が次第にさざ波となって消えた。

私は思わず深呼吸をした。周囲僅《わず》かに一二キロとは思えない奥行のある湖面は、トドマツやエゾマツの緑を映して、風音さえもない。ふと遠く前方に白いボートが一つ浮かんでいる。人の姿は見えない。しかしボートは動いている。

私はふりかえって、うしろに立っている三浦を見た。先程車の中で聞いた幽霊の話を思い出したのだ。白昼といえども、何か無気味だった。

かつて私は、湖というものを知らない日、こんな湖を長いこと夢みていたような気がする。ここは全く俗界を離れている。ただ湖だけがそこにあった。大自然が、原始の姿のままで、のしかかってくるような、そんな威圧を私は感じた。

それにしても、何という静かさなのだろう。子供の背丈程もある葦群が、そよとも動かず、描かれたもののように生い茂っている。

漁業組合出張所の管理人が、水際に立つ私の所まで、わざわざ挨拶に来てくれた。五歳位の、日に焼けた男の子が、人懐かしげに近よって来た。父も子も、この親子は、あの都会の埃《ほこり》を一度もかぶったことのないような、実にぼくとつな感じだった。

「ここには、ふた間程客を泊める部屋もあるんですよ」

管理人はそう言い、

「今度はぜひここに小説を書きに来てください」

と言った。私は一瞬、ここの夜は、どんなに深い闇であろうと思った。来たいと思った。

淋《さび》しくはないかと尋ねる私に、

「けっこう夕方になると、釣りの客で賑《にぎ》わいますよ」

と彼は答えた。なんでも養殖の鯉《こい》や虹マスが釣れるという。冬期間はワカサギ釣りが盛んで、氷に穴をあけて釣るという。氷に覆われた、白色の湖も美しいだろうと私は思った。

「鯉を見ますか」

庭先においてある大きなタライに、管理人は誘った。

「まあ!」

私たちは思わず声を上げた。金太郎の乗っている鯉を連想させる程の、肥えた大鯉である。

私たちは再び車に乗り、奥に向った。この奥に、YMCAの国際キャンプ場があるという。深い樹林の中を、依然として車は走る。

秋には、ナナカマド、カエデの深紅が、針葉樹の緑の間に、実に美しいという。六月にはシャクナゲの花が見事だという。

すぐそこというYMCAのキャンプ場はなかなか見当らなかった。湖に沿ってしばらく走ると、やっとそれらしき建物が木立の間に見えて来た。

車を降りた目の前に、「関係者以外立入禁止」の札が立っている。左手の百坪程の広い木造平家から、金髪の少女が、ニコニコと愛想よく出て来た。英語が話せるかと、彼女は、可憐《かれん》な英語で私たちに尋ねた。できない、と三浦が答えると、二こと、三こと話して帰って行った。

右手の小道を通って、湖畔に下りて行くと、日本人そっくりの少年が、同年輩の白人の少年と、達者な英語で話している。彼は韓国人だという。かたわらの低い小屋の中から、何人かの少年たちのうたう英語の歌が聞えて来た。

しかし、この元気な異国の少年たちさえも、代々ここに住みついて来たかのような、やはり自然の中にとけこんだ感じがあった。

世界各国の少年少女たちが、神の言葉を学び、生きることを学ぶのには、これほどふさわしい所はないであろう。ここには大自然がある。人間に媚《こ》びない厳然とした自然がある。この自然の中にこそ、私たちは人間である自分を見出すことができるのだ。

三浦と二人で、先ほどの漁業組合を目でさがしたが、遥《はる》か彼方《かなた》まで、原生林の緑がつづき、それを映した湖がつづき、家も人も遂《つい》に見出すことができなかった。

「懐郷」と「銀の滴・金の滴」に寄せて

三浦の兄は、七歳の時一枚の図画を描いた。広い野原に草花が咲き、そこに女の子の人形が座っていた。描きあげてから、空の辺りが淋《さび》しいので兄はそこに言葉を書いて見た。

ひろいのはらの　まんなかに
こんなかわいい　おにんぎょさんを
だれがわすれて　いったやら

父がそれを見て、「おお！　健悦《けんえつ》は詩人だな」とほめてくれた。

その翌年、父は自分が開拓した北海道の滝上《たきのうえ》に帰って死んだ。

東京で肺結核に罹り、滝上に帰って来て死んだのだった。母が二十九歳、兄が八歳、三浦が三歳、妹が一歳だった。こんな幼い時代があって、「懐郷」が生まれた。

人間は誰しも故郷を持つ限り、その故郷を懐かしむ思いは誰にもある。七十二歳になって「懐郷」の詩を作った兄の心の中には死んだ父があり、悲しみに打ちひしがれた母があった。一緒に遊んだ友があった。清い渓流や緑豊かな山野があった。

私はよく言うのだが、「人間泣きたくなるほど懐かしい思い出を持つことは大切だ」と。その思いが「懐郷」にあふれていると思う。

「銀の滴《しずく》・金の滴《しずく》」の作詞者目加田祐一《めかたゆういち》さんは、古書店ひとつむぎ書房を営んでいる。目加田さんは私が旭川啓明小学校に勤めていた頃の教え子である。目のくりくりした実に可愛らしい少年だった。今もその頃の純なそして一途な気持ちの残っている人だ。

「銀の滴・金の滴」の題名は『アイヌ神謡集』という優れた著書の中の言葉に基づく。目加田さんはこの著者、知里幸恵《ちりゆきえ》さんの才と生き方に心打たれて、ほとばしるようにこの詩を作ったという。知里幸恵さんについては、中学一年国語の教科書にも詳しく紹介されていて有名。

二曲共、目加田さんの友人の作曲家、境田寛さんの素晴らしい作曲で、かつ心惹《ひ》くその歌唱も境田寛さんと船田久美さんの声による。広く皆さんに歌われることを願う。

懐郷《かいきょう》

一　開拓の　望みはかなく
消え果てし　人無《な》き里に
幾度《いくたび》か春は　めぐり来《き》て
雪解《ゆきげ》の水の　せせらぎに
咲く谷地蕗《やちぶき》の　花のさゆらぎ

二　廃屋《はいおく》の　跡に残れる
つるべ井戸　のぞく水面《みなも》に
老いの顔　幼き想い出が
共に歌った　童歌《わらべうた》
去りし月日の　名残なつかし

三　山峡《やまかい》の　森の梢《こずえ》に
ひとすじの　父の亡骸《なきがら》

焼く煙り　幼き子供らを
抱《いだ》きて泣きし　若き日の
母の涙の　温《ぬく》もり悲し

四

麦熟《う》れて　穂波色づく
日盛りを　沢の流れに
山女《やまめ》追う子供の　にぎやかな
声も消え果て　里人《さとびと》は
今は何処《いずこ》に　時は移ろう

ホン物とニセ物

数日前、東京在住だった片岡《かたおか》ハルさんから、思いがけない便りがきた。片岡ハルさんは、戦後私が結核療養所に入っていた頃、その療養所の保健婦さんだった。療養所と言っても、当時私が入所していた療養所は、ちょっと風が吹くと玄関の戸ががたぴし音を立てた。真夜中、所内の静けさを破るその音に目を覚まされ、幾度侘《わ》びしい思いをしたことだろう。

看護婦のきてても少なく、患者も二十人足らずだった。そんなしめっぽい空気に、患者たちの心は沈みがちだったが、片岡婦長はきりっとしていて、いつも人々を笑わせ、所内が明るくなっていった。何でも彼女のご主人は、作家片岡鐵兵《てっぺい》氏の兄であったとか。

彼女のいる所、必ず笑い声が上がったが、人を慰めることもまことに多かった。東京におられたご主人が亡くなられたので、一時実家に戻っている形で旭川に住んでいたが、やがて幾年かの後、長男長女をつれて東京に帰って行った。しかし東京に去ったからと言って、それっきりにはならず、年に一度は顔を見せに来て、相変わらず愉快な話をしてくれるのだった。暗い影のひとつもないその笑顔に、

（この人は、本当に淋《さび》しいことはないのだろうか）

と、ちらっと思い浮かべることもあった。むろん人間として様々な淋しさや悲しみは経験していた筈《はず》である。事実、患者相手の保健婦をしていただけに、人間の死について語ることもあったが、とにかくいつも明るく、全く重苦しさのない人であった。私はかなり長い間、その訪問を心待ちにし、便りを楽しみにしていたが、彼女に接した人は皆、同じ思いであったろう。

ところで、その笑わせ上手の片岡さんからいただいたこの度の葉書には、心の底から私はおどろいた。正に思いがけないお便りであった。読み始めて、彼女特有の冗談かと思ったが、そうではなかった。そこには彼女自身の筆跡がコピーされていた。

「　　　　　　　　　　　　　　　　　　　　私こと

この度死去しましたのでご連絡申し上げます

○○頃より体力衰え　手厚い看護を受け　○○日○○歳でこちらへ参りました

お受けしました温いお心　ありがとうございました

片岡　ハル」

最後に「何々の地にて」とあって、その何々という字が読み取れないが、多分「冥土の地にて」とでも書いたのであろう。おどろいて表を返し、私は印刷されたご息女の言葉を読んだ。そこには次のような挨拶が書かれてあった。

「一ヶ月後に、という母片岡ハルの遺言によりお伝えさせて頂きます。

日頃からの『コロッと行きたい』という望みを神が受けて下さったのか　前日まで編物をしておりましたが　九月十九日急性心不全で一瞬にして眠るように八十三歳で帰天致しました。

お世話になりましたこと御礼申し上げます。くれぐれも御自愛のほどを。

（住所　　　氏名）」

正に冗談でも笑いごとでもない。私は大きくため息をついた。そして、改めて療養所当時を思い返した。

結核療養所も、その集まる患者たちの性格などによって、様々な雰囲気をかもし出した。

　ある日、私のいた療養所に北大の学生が新患として入って来た。私たち患者は早速相談して、秀才と聞くその北大生をからかうことにした。戦後の混乱や食糧事情などで、所内には大学へ進めない若者もいた。それらの青年たちにとって、彼は格好な餌《えさ》となった。

　彼が入所した日の午後、主任看護婦が患者の私に白衣を着せて、彼の病室につれて行った。一足先に医師が彼のベッドの前に立っていた。主任看護婦が、聞くまでもないことをてきぱき聞いて行く。看護婦になりすました私自身、それだけで楽しくてならない。

　そして私は噴き出しそうになった。医師はこれも男性患者の化けた姿だった。俄《にわ》か仕立のニセ医者は、聴診器を首から下げ、患者に言う。

「はい、大きく息をして……」

　しかも、もっともらしく眉根をひそめる。肺結核と言えば、現在のがんのように恐れられた時代である。患者は只《ただ》でさえ不安に包まれている。

「いや、失礼しました」

　ニセ医者はがらりと聴診器をベッドの上に放り出し、

「ぼくは患者です」と言った。

「あっ、そうですか。これはうれしいな」

二十歳だという新患は、にっこりと笑った。実に美しい笑顔だった。その笑顔がニセ医者のU君を始め、ニセ看護婦の私たちをほっとさせた。それまでにも、何度かこんないたずらをしたものだが、こうも気持ちよい笑顔を見せて、直ちに私たちの中に融《と》けこんで来た患者は初めてだった。

こんな雰囲気を生み出すことができたのは、これひとえに片岡婦長の人格によるものであったことを、私はこの度の彼女の便りに改めて思ったのである。

いつであったか、私は彼女に尋ねたことがあった。どうしたらそんなに人を楽しませ、笑わせることができるかと。彼女は言った。

「わたし、馬鹿だからよ。自分の失敗をかくさずに、誰にでも語っているだけなのよ」

なるほどと私は思った。本当に賢い人だと思った。人一倍優れた人間であっても、その自分の偉さをひけらかしたとしたら、何のおもしろいことがあろう。賢い人も失敗する。だからこそ人は安心して笑えるのだ。

私は片岡さんの葉書をしみじみと見た。真に死を覚悟した人の、何と落ち着いた境地であろう。そして何とユーモアに満ちた軽やかな心であろう。人生をすっすっと歩いて来て、その歩調を乱すことなく、彼女はそのまま静かに、この世から、かの世に移って行かれたのだ。

それにしても、死を達観することはそうたやすいことではない。医師であれ宗教家であれ、ふだん死を深く考えているようで、いざとなれば大騒ぎして死ぬ人もあるという。私自身命根性がそんなに汚ないつもりはないが、

「私三浦綾子、〇年〇月死去いたしました」

などと、生きているうちに書いて置く気持には、とてもなれない。たとい片岡さんの真似《まね》をしたとしても、どこかにニセ物の臭いが出るに違いない。

療養所当時のいたずらはともかく、せめてニセの衣裳《いしょう》は早く脱いでおきたいと思うのだが……。

一期一会——お家元ご夫妻との出会い

先日、お裏のお家元ご一家が旭川においでになられる故、その歓迎パーティーに出ないかとのお誘いを受けた。全道から、二千を越える同門の方々が集まるという。

私は茶道にはうとい人間である。が、このお誘いを喜んで受けた。というのは、『千利休《せんのりきゅう》とその妻たち』を「主婦の友」誌に連載するにあたり、お家元ご夫妻にお目にかかって、何かと教えを頂いたことがあったからである。

あれは四年前の春であったろうか。旅行中風邪を引いた三浦を宿に残し、「主婦の友」の編集長と、担当記者の三人で、お家元のお宅に伺った。編集長のお母さんは、茶道一筋に生きてこられた師匠だから、編集長は茶の心得がある。それだけにお家元に対する畏敬の念は大変なもので、非常に緊張していられた。

一方私は、戦時中に一、二年習ったことがあっただけだから、お家元の前には全く習わないも同然である。たとえ五年や十年習ったとしても、お家元の前では大学教授の前の幼稚園の園児のようなものだと、私は最初からりきまないことにしていた。

とは言っても、お家元の日常が極めてご多忙で、一個人のために時間を割くことがどれほど大変なことかは、知っていた。園児は園児なりに恐縮して参上したのである。

お目にかかって私は先《ま》ず、

「お茶の心得はございません」

と申し上げた。お家元は磊落《らいらく》に笑って、

「そうおっしゃってくださると、ありがたいのです。下手にわかったふりをされるほうが、困るのです」

と言われた。私の目的は、千利休がなぜ秀吉《ひでよし》に死を命ぜられたか、をお聞きすることにあった。私は内心、利休の死はキリシタンに関わりがあるような気がしていた。

なぜならば、カトリック教会の礼拝に出た時、聖餐式《せいさんしき》のあり方があまりに茶道の方式に似ていたのを見たからである。聖餐式はどこの教会でもなされる儀式の一つであり、キリストの死を記念してパンとブドー酒をわかち合う式である。お濃茶《こいちゃ》はまわし飲みをするが、カトリック教会のブドー酒も一つの器に各自口をつけて飲む。茶巾があり、その扱い方も茶道のそれと酷似している。また聖餐の器を覆う布の扱いも、ふくさの扱い方によく似ていた。

というわけで、たとえ他に証拠はなくても、キリシタンの作法を茶道に取り入れたのではないかと私は思っていた。利休の娘の一人はキリシタンの一人であったとも巷間《こうかん》伝えられているし、高山右近《たかやまうこん》をはじめ、利休の弟子の諸大名の多くはキリシタン大名であった。

お家元が「太陽」という雑誌の茶道特集に、茶は宗教であるという趣旨を書かれておられたことも拝見していた私は、ぜひ一度お目にかかりたいと、かねがね思っていたのである。

お目にかかるなり私は、不躾《ぶしつ》けにも利休の死の主因を、どう思われるかと伺った。お家元はずばり、

「キリシタンだったからですよ」

とお答えになった。

作法から言えば、私は先ずお茶を頂いてから、この話を持ち出すべきであった。なぜなら、ご夫人が私のためにお茶を点てるべく、次の間にお待ちになっていたからである。私が不作法にも次々に利休の話ばかりするので、ご夫人は部屋に入って来られるきっかけを得られない。が、さすがにお家元のご夫人である。機を見計らって、さりげなく茶室に入られた。私は途端に呆然《ぼうぜん》とした。何という美しさであろう。私も女優や料亭のおかみなど、それまで美しい女性には幾度も会っていた。が、登三子夫人

の美しさは、曽《かつ》て見たことのない美しさであった。ろうたけたという言葉がある。が、それだけでは表現し得ない気品があり、深さがある。それでいて透明な美しさである。私は、この美しい女性が、人間の言葉を語るのが不思議でさえあった。

この美しい方は、しかし意外と気さくで、千利休を書こうとする私に、

「何の変哲もないようでも、この茶巾は今日初めておろした茶巾です」

とおっしゃって、茶人の客のもてなし方は、そうした相手の気づかぬところにも、細かい神経が配られることを教えてくださった。それは、千利休もそうしたであろうことを私に教えるためであった。

また、帯のおたいこにひそめてあった新約聖書を見せてくださった。

「わたくしの出た学校がミッションでしたから」

とおっしゃったが、これはキリスト者である私を迎えるための心遣いと、私はありがたく思った。

話の途中で、私ははっと気づいたことがあった。私はお家元への土産に、果物と優《ユー》佳良《カラ》織《おり》のテーブルセンターを差し上げた。優佳良織は今や、日本全国はおろか、海外にもその名も知られる旭川産の織り物である。私の友人木内綾《きうちあや》さんが、心血を注いで創作された織り物である。が、この純和風のお家元の邸内で、エキゾチックな優佳良

織がふさわしかったか、どうか、それが気になったのである。

話も一段落し、私は美しい露地を拝見し、立礼《りゅうれい》の間《ま》に案内された。と、そこに、かの優佳良織が既に飾られていたのである。

「この部屋には外国の方もおいでになりますし、この優佳良織は、きっと喜ばれることでしょう」

ご夫人はそう言われた。なるほどこれが真の茶人だと、私は感じ入った。

暇を乞う私に、お家元は門の外まで送ってくださり、

「大変楽しうございました」

と、明るくおっしゃった。私は、茶道の弁《わきま》えもないこの自分に対して、何くれとなく示してくださったご夫妻のご親切に、これぞ「一期一会」のあり方だと教えられたのである。そして、再びお目にかかりたいものだと、車の中で思った。そして再びお会いしたいという思いを与えるのが、真の「一期一会」だという思いを深めたことであった。

そんな四年前のこともあって、私は喜んで歓迎パーティーに参席したのである。ご夫妻は四年前と少しもお変りにならなかった。共に美しく、共に親しみのあるお二方であった。祝辞が次々とつづいた。私はすぐに気づいたのだが二千何百人のその夜の

人々の中で、祝辞に真っ先に拍手を送ったのはなんとお家元であった。お家元は真っ先に手を叩《たた》き、最後まで手を叩いた。幾人もの祝辞に、それをくり返された。また、場内の知人に気づかれると、立ち上がって手をふられた。

やがてソーラン節が披露された。と、お家元はすわったまま体と手を前後に動かし、ソーラン節に合わせて、踊るかのようにリズムを取って聞きほれられた。私はうなった。これが茶道だと思った。つづいて祝宴が始まった。ご挨拶に伺うと、

「わたしの隣りにおすわりください」

と、懐しげに握手してくださり、私をあわてさせた。

この夜、お家元ご夫妻は、二千何百人のテーブルを隈《くま》なくまわられた。驚く私に、

「だって、わざわざ稚内《わっかない》や釧路からおいでくださった方々がいらっしゃるんですから」

と、当然のように言われた。私は深い感動を覚えた。正に「一期一会」の極みであった。

人間としての関わり

今年は国際障害者年である。私もかつて、七年間寝返りひとつできない仰臥《ぎょうが》の生活を送ったことがある。頭から腰まで、すっぽりとギプスベッドに入って、洗面、食事から、排便に至るまで、人手を煩わさねばならぬ毎日だった。顔の横に落ちた鉛筆を取るのに、首を曲げて見ることさえできなかった。

食事は胸の上に膳を置き、手鏡に映してスプーンで食べた。夜中にずり落ちた布団をかけなおすこともできず、一晩ふるえていたこともあった。入院中も、自宅療養中も、すべてが人手を頼む生活であった。脊椎カリエスのためであった。私はよく風呂に入る夢を見るが、あれはギプスベッドに入っていた前後八年間の入浴を許されなかった時代の願望が、いまだに夢に出てくるのであろう。

こんな病人だったが、私には全国各地に文通の友がいた。同病の結核患者、死刑囚、同信のクリスチャンたちであった。その中に、クリーニング業界で東洋一といわれる白洋舎《はくようしゃ》の創業者で、既に八十歳を越えた五十嵐健治《いがらしけんじ》氏がおられた。この世的に言えば、名もない病人の私とは、余りにもかけ離れた地位にあったわけだが、そうした感じは全く与えず、氏は同じ人間であるという姿勢をもって、実に手まめに手紙を下さった。

しかもその手紙は、いわゆる慰めの手紙ではなく、今日はひとつお願いがあるとか、相談に乗ってほしいといった手紙が少なくなかった。わけても重大な問題がある場合は、

「このことのために、お祈りください」

と、謙遜に書いてくるのだった。そして問題が解決すると、お祈りのお礼と言って、カステラやクッキーなどを送ってくださったものだった。氏は臥《ね》たっきりの病人の私に、「何かをして上げよう」というのではなく、「何かをしてもらいたい」という形で関わってくれたのである。国際障害者年に当り、今は亡き氏が、大きな存在として思い出されるのである。

痛い目に遭っても

私たち夫婦の敬愛する友人に、旭川の木内綾《きうちあや》さんがいる。本誌の大野洋子さんもなかなかの麗人だが、木内さんもひと目で惹きつけられる美しい人である。

この美しい人が、優佳良織《ユーカラおり》の織元として、国際的に活躍していられる。優佳良織は北海道の自然、すなわち流氷、ハマナス、ライラック、ナナカマド、摩周湖などを素材に、多くの作品となって人々に愛されている。

機《はた》を織るという仕事は、実に根気の要する仕事である。一時間に何センチも織れるものではない。私のような辛抱のない者には、見ているだけでも肩が凝る。しかも機を織るまでの工程が大変だ。「流氷」を織るにしても、その図柄を決めるまでに、木内さんは幾度となく流氷を求めてオホーツクの海に足を運んだ。寒風の吹き荒《すさ》ぶ、浜辺に立って、朝も昼も夕べも、そして夜半も立ちつくす。

こうして骨身を削る取材が終ると、構図に取り掛かる。その構図の完成にも並々ならぬ努力を払う。それからがまた一仕事だ。原毛百色以上にも染め上げ、糸に紡ぐ。

糸巻にまく。それは到底私たちの容易になし得る仕事ではない。更にこれを織り上げて、着物、帯、ハンドバッグ、テーブルセンター、財布、ストール、ネクタイ等々に仕上げていく。

四月一日の北海道新聞に、新しく就職する若者たちへの幾人かの激励の言葉が載っていた。

そのなかに木内綾さんは、「もしあの時」という題で、実にいい励ましの言葉を書いていられた。わけても次の言葉が私の心を捉えた。

〈「もしあの時」意地悪をされなかったら、心の痛みのわからない思い上がった人間のままでいたかも知れない〉

私は感歎《かんたん》した。私などが書くとしたら、〈「もしあの時」親切な言葉をもらわなかったら……〉と、書きそうな甘さがある。だが木内さんは〈意地悪をされなかったら〉と、書いていられる。これはつまり、意地悪をされたことに対する感謝の言葉である。意地悪に打ちひしがれず、意地悪を克服した言葉である。

人生には往々にして意地悪がひそんでいるものだ。結婚しようとした直前に病気になったり、善意が悪意に取られたり、思わぬ妨害にさらされたりする。だが木内さんのように、意地悪をされたことに対して、感謝する思いがあふれたなら、これはもう人生の達人と言える。

私は改めて木内さんの仕事を思ってみた。あの深みのある優佳良織の色は、こうした思いが織りこめられているのではないだろうか。すばらしい仕事をする人は皆、挫折、失望、中傷等々痛い目に遭っているのかも知れない。

書評『生命《いのち》をかつぐって重いなあ』福井達雨 著

わたしたちはなぐられる必要があると思った

一読、頭をなぐられた思いがした。わたしたちはなぐられる必要があると思った。

著者は、重度知恵おくれの施設・止揚《しよう》学園の園長である。二十年来、知恵おくれの子供たちを抱きしめ、その大小便の臭いに染み、そして、子供たちと共に喜び、共に悲しんで来た氏の、叫びがここにある。上っ面な同情の仮面をひきはがさずにはおかぬ激しい闘志と、真実がここにある。

わたしの友人にも、知恵おくれの施設の保母を何十年もしている人がいる。わたしはその施設に幾度か訪れたし、泊りもした。その度に、深い感動も覚えたし、人間について考えさせられもした。

(この子たちは、わたしたちの罪を代りに負っているのではないか。キリストと共に十字架を負っているのではないか)

と思ったこともある。

だからわたしは、知恵おくれの子供たちには、理解のある人間の部類に属していると思っていた。が、何と皮相な理解であったことか。何と思い上っていたことか。僅《わず》かばかり募金に応じて、子供たちのために何かをしていたように思ってもいたが、何と浅はかな考えであったろう。彼らを、一個の人間として、共に生きることをしていなかった。いや、共に生きるという発想さえ全く持ち得なかった思い上りであった。

わたしは、そうした根本的な誤りを、この書によって根本から覆えされ、粉砕された。氏はくり返えし、

「かわいそうだから彼らのために何かをしてやろうというのでは駄目だ。共に生きることが大切なのだ」

と言う。「ためにでなく、共に生きよ」と言うのだ。そして、大胆にも、むしろ止揚学園のような施設はあるべきでないとさえ極言する。何という深い洞察であろう。人間の生命の重みが、肩に喰《く》い入っている者の言葉ではないか。

「ためにではなく、共に」

と言う言葉で思い出したが、わたしが小学校教師の頃、どのクラスにも知恵おくれの子が一人や二人いた。誰も彼らをバカにもせず結構仲よく遊んでいた。一緒に弁当も食べ、掃除もした。施設に入れられるようになってから、彼らは優遇されているようで、そうではなくなった。そのことをわたしはこの著から改めて気づかせられた。

「役に立たないもの、金にならないものは干してしまう体制……」

と氏は鋭く指摘し、わたしたち人間性に巣食うぬきがたいエゴを抉《えぐ》り出してやまないのだが、わたしは、人間というものを、人間の命というものを本気で考え直して見なければならない。その時、日本の教育も、政治も、そして福祉も一変するにちがいない。

わたしは、この生《な》ま生《な》ましい叫びに、赤鉛筆でほとんど毎頁《ページ》朱線をほどこしながら読みすすめた。ここに引用したい数々の言葉に満ちている。

「今のまちがった教育、つまりは頭はよくするが、心を殺して行く教育……」

「日本人という者は、愛というものの本質が非常に少なくて、同情という領域が非常に強い」

とりあえず右の言葉を引用したが、あらゆる分野にある人が、この書の叫びに耳を傾けてほしいと祈らずにはいられない。

自由を求めて生きた高貴な魂

『アンネの日記』の著者である少女アンネが、何編かの童話を書いていた。

私はそのことを知った時、危うく涙がこぼれそうになった。アンネ・フランクの名は、世界中の誰もが知っている。そうは思うが、もしかして『アンネの日記』をまだ読んだことのない人のために、ここに少し紹介してみたい。

アンネはドイツのフランクフルトに、ユダヤ人の子として生まれた。アンネが三歳の時、ヒトラーがドイツの首相となった。そしてたちまちユダヤ人圧迫を始めた。アンネが八歳の時、ドイツ在住のユダヤ人追放令がしかれた。十歳の時、一九三九年第二次大戦が勃発した。ドイツ軍にオランダが降伏した。オランダ在住のユダヤ人は公職を追われ、子供たちもユダヤ人であることを届けなければならなかった。

やがてユダヤ人狩りが始まった。アンネの一家は隠れ家生活を始めなければならなくなって、オランダに逃れた。アンネの姉マルゴットに、ドイツの官憲から召喚状がきたからだ。

アンネの家族は、父母と、マルゴットと、アンネの四人家族だった。『アンネの日記』は、この隠れ家生活の中で書かれた。一九四二年七月六日から、一九四四年八月四日までの隠れ家生活であった。

隠れ家生活が終わったのは、隠れ家を発見されて、ドイツ軍の収容所アウシュビッツにぶちこまれたからだ。母親も姉のマルゴットもアンネもここで死んだ。アンネはわずかに十五歳だった。

つまり『アンネの日記』は十三歳、十四歳の隠れ家生活を書いたものである。このアンネの隠れ家生活が、どんなに恐ろしいものであったかは、想像を絶する。毎夜のように、ドイツの秘密警察が、ユダヤ人の家をノックする。どんなに巧《うま》く隠れおおせたと思っても、ドイツ警察は次つぎに、執拗《しつよう》に探しまわった。

アンネの隠れ家は、ある事務所の三階と四階だった。人がいることを知られないために、声をひそめ、足音を立てずに暮らさねばならない。物を煮炊きしても、煙は出せない。水洗便所の音は……思うだけでも息のつまる毎日の中で、わずか十三、四歳のアンネは、しかし実に生き生きと、人間らしく生きた。それは日記に事細かに描写された家族や、いっしょに住んでいた他の家族との会話に、見事に活写されている。

遊びたい盛りの少女が、一歩も外に出られないばかりか、ゲシュタポ（ドイツ秘密警察）に見つかりはしないかと、怯《おび》えつづけながらの生活の中で、どんなによく勉強したか、物事を深く感じ取ったか、人間の生き方について考えたか、それはアンネの日記を読んで見ればよくわかる。

四十か国もの言葉に翻訳されたこの日記は、おそらく読んだ人すべての胸を打ち、涙を誘ったことであろう。私はこの日記を、すべての人が読む義務があると信じている。

このアンネが、日記ばかりか数編の童話も書いていたと知った時、私の胸は熱くなった。

「文学は不幸の木に咲く」

と言った人がある。が、どんなに不幸な人であっても、アンネ・フランクと比べたら、ずいぶんと幸せではないだろうか。人間の不幸が、必ずしもその人の責任ではないということを、私たちは知っている。例えば生まれつき手足が不自由だとか、あるいは目が見えない、ものが言えない、病弱つづきだ、親に早く死別した等等、その不幸は決してその人の責任では断じてない。

同様に、アンネの不幸も、アンネの責任ではなかった。アンネがユダヤ人に生まれたということ、それはある人がアメリカ人に生まれ、ある人がドイツ人に生まれ、ある人が日本人に生まれたということと、全く同じことなのだ。ユダヤ人に生まれたというただそのことだけで、アンネ一家は他のユダヤ人と同じように、ゲシュタポから命を狙われたのだ。

咳をしても、くしゃみをしても、命にかかわるのだ。聞き咎《とが》められたら最後なのだ。そんな生活の中で、可憐《かれん》な少女アンネが、幾編かの童話をも書いた。それを知って、私は涙がこぼれたのだ。

アンネは、一歩も外に出られなくても、そんな不自由な中で、魂だけは自由に大きく羽ばたいた。アンネが、森の話を書いた時、まだ自由だった日の森のことを、どんなにか切ない思いで思い出したことか。花売娘の話を書く時は、素敵な花畑に咲いていた花を、どんなにか懐しく思い出していたことか。

また、どんなに仲よくして欲しいと思っても、誰にも仲よくしてもらえなかった『ひとりぼっちのキャシー』を書いた時は、友だちのない隠れ家住まいの淋《さび》しさが、胸に極まったことであろう。そして、執拗にユダヤ人の命を求《もと》めて歩くゲシュタポに対する、「いじめないで」という叫びも、こめられていたのではないか。

可愛い動物の話を書く時は、可愛がっていた猫のモールチェを、どんなにか辛い思いで思い出していたのではないか。隠れ家に来る時、アンネは、猫をバスケットに入れてつれて行くと言って、きかなかった。隠れ家生活がどんなものか、その時まだアンネにはわからなかった。猫の鳴き声が、自分たちの命にかかわることを知らなかった。

アンネの童話よりもおもしろい童話は、この世にたくさんあるだろう。だが、アンネのように、大変な生活の中で、薄暗い部屋の中で、じっと息をひそめて書きつづけた童話作家はなかったろう。

この童話を読まれる人は、どうか、花という言葉、空という言葉、友だちという言葉、その一つ一つに、どんな思いをこめてアンネが書いたのか、深く深く思いやって頂きたいと思う。もしかして、アンネの目には、涙がいっぱいあふれていたかも知れないのだ。

アンネは、どんなに不自由な生活をしていても、人間の真の自由を求めて生きた高貴な魂の持主だったと私は思う。姉のマルゴットのノートに、ゲーテの詩が書きのこされてあった。

人間よ　気高く　慈悲深く
善良であれ

ただこれだけが
私たちの知っているすべての存在と
人間とを区別するものだから

これはアンネとその一家のあり方でもあった。ユダヤ人はあの第二次大戦下、ドイツの収容所で六百万人が死んだ。アンネもその一人だった。

そのアンネの書いた童話が出版される。これは、今生きているすべての人に、アンネが、心からの平和と自由への願いをこめた贈物なのだと、私は思う。

第二章

対話を失うなかれ

日ごろわたしの考えている学生問題の一端を申上げて、あなたの御進学祝いとさせていただきたいと思います。

「もし人が、自分は何かを知っていると思うなら、その人は知らなければならないほどのことすら、まだ知っていない」

という聖書の言葉を、わたしは好きなのです。知らなければならないこととは一体何でしょう。人それぞれの解釈もあるでしょうが、わたしには、それが先《ま》ず第一に「自分自身」ではないかと思われるのです。「何でも知っていると錯覚している自分自身」と言った方がよいかもわかりません。

こうした「自分自身」を認めることが、知の第一歩であり、学ぶ者の基本的な姿勢だとわたしは思うのです。

ところで、大学紛争の原因は何でしょう。原因は色いろあるにしろ、紛争が今の様な乱闘の形をとるに至ったのは究極において、対話が失われたことに、その因があるとわたしは思うのです。わたしたちは自己を失った時に、対話を失うのではないでしょうか。自己が確立されている人間に、対話が失われることは決してないと思うのです。

ふつう、わたしたちは、相手に対する信頼を失ったが故に対話が成立しないと思いこみがちですが、実は自己確立がなされていないことの方が、より大きな原因であるはずです。

言葉を失うことは、人間としての退歩を意味するのだとだれかが言いました。言葉の代りに暴力にものを言わせるということ、そのことに、進学生のあなたは何を感じていられることでしょうか。わたしは、こう思います。暴力は無知なるもの、言葉なき動物のもの、頑冥《がんめい》なるものの為《な》すことで、真に弾力性のある若者や、知性豊かなるものの為すところでは、断じてないのだと。

既成社会には、無論悪いところが沢山あります。これから造られる社会にも不充分なところがあるように。よりよくと願う学生たちの心情はわかります。しかし目的の為《ため》に手段をえらばぬということは、わたしにはわかりません。手段はえらばれねばならぬものだとわたしは思うのです。

とにかく「自分自身」を知ることにより、自己を確立していただきたい。そして、確固たる自分であることによって、対話を失わない謙虚な学生になっていただきたいと、御進学のあなたに、わたしは心から願わずにはいられないのです。

若くあることのむずかしさ

その時私は、十七歳の小学校教師だった。「肩から若さが立ちのぼっている」と、先輩の男性教師に言われるほど、ぴちぴちしていた。女学校を出たばかりで、おそらく初々《ういうい》しくもあったろうし、好奇心も満ちあふれていたにちがいない。

だが、今、当時を思い出して、本当の意味で若かったろうかと、顧みる思いがする。

それは授業の終った午後だった。一人の母親が訪ねて来た。腰の低い、優しい言葉遣いの人だった。彼女は、

「あのう、先生は今日の宿題に『鼡《ねずみ》の嫁入り』を三回書いてくるようにと言われたそうですが、本当でしょうか」

と言われた。私は即座に「はい、そうです」と答えた。

「そうでしたか、本当でしたか」

その母親は思いあまったように吐息を洩《も》らして帰って行った。私はその時気がつくべきであった。「鼡の嫁入り」という長文の章を一年生に三回も書かせるというのは、

無理だということを。その母親は「無理」という言葉を子供の受持教師に使えなかったのだ。わざわざ確かめにやって来た母親の心情を、私は汲《く》みとることができなかった。少々ハードな宿題を出すことは、生徒の学力をつけるのに、よいとさえ思っていたのだ。新米とは言いながら、なんと情《なさけ》ない教師であったことか。

若い時は、自分のしていることは絶対正しいと、信ずる傾向がある。ちょっとやそっとのことでは、その主張を引っこめようとはしない。つまり、一歩引き退《さが》って、謙遜に人の言葉に耳を傾けようとはしない。相手がどんな気持で言っているのかと、推察する思いやりがない。体はぴちぴちしているかも知れないが、心はかなり重症の動脈硬化である。

私はあの時、母親が恐る恐る宿題の量を確かめに来た時、母親ともっと話し合って、素直に謙遜に、弾力を持って反省すべきであった。今も思い出して、生徒や父兄たちに手をついて詫《わ》びたい気がする。

若さとは、本来柔軟であるということだ。柔軟であれば必ず謙遜である筈《はず》だ。そう私は反省するのである。生まれて十六、七年で、一体どれほどのことがわかると言えるのだろう。今六十七歳になって、更に思うことは、四十、五十でも、どれほどのこともわからなかったということである。いや、七十に手が届こうとしている今も、未熟さにはそう変りはないと思う。真に若いとはむずかしいことだ。

あなた自身が親に影響を与える生き方を

お手紙、心を痛めつつ拝見しました。

こともあろうに、尊敬するお父さまに愛人があったとは……いったい何と申しあげたらいいのでしょう。死をもってお父さまに抗議したいという一行に、まだ二十歳《はたち》になられたばかりの純粋なあなたの苦しみが、どんなに大きなものであるかを思います。

お父さまは、長い間お母さまやあなたがたを裏切ってこられた。この世で、最も尊敬されていいようにふるまいながら。

あなたが、お父さまを不潔だと思い、裏切られたと悲しむことは当然です。

お父さまは、確かに人間としてまちがったことをしているのです。道ならぬことをしているのです。あなたから糾弾されても仕方がないのです。罵られても仕方がないのです。あなたが、もし抗議するために死んだとしても、お父さまはそれだけの罰を受けるに価するのです。

子供にとって、親は「尊敬」できる人であってほしいのです。それにもまして「清潔」な人であってほしいのです。あなたが、この世が灰色に見え、生きる気力がなくなったとおっしゃるのは当然です。まじめな、そして若いあなたが、もしそう感じなければ、それこそおかしいかもしれません。

しかしわたしは、ここであなたの姿勢について指摘しなければならないと思います。いかにショックであったからといって、あなたがやけのやんぱちになっていくのを、黙って手をこまねいて見ているわけにはいかないのです。

わたしたちは、自分を育てる義務があります。これは、人間として生まれてきた者の最大の義務でしょう。義務とは文字どおり義《ただ》しい務めなのです。きびしいことを承知で、敢《あえ》てわたしは申しあげます。

今後、わたしたちの周りにどんな事件が起きるか、はかり知れないのです。お父さまが思いもかけない醜い秘密を持っていたように、お母さまもまた、思いがけない一面をあなたに見せる日がこないとも限らない。また、お兄さんも妹さんも、ある日突《とつ》如《じょ》として、あなたを混乱させるようなことをしでかすかもしれない。その度に、あなたは周囲にふり回され、絶望し、自暴自棄に陥っていてよいのでしょうか。人は環境によって左右されるといいます。が、それは果たして真理でしょうか。

親に二号がいたからといって、その子がみな絶望して生活が荒れるとは限りますまい。あなたよりも、もっと悪い状況の中で、すっくと自分の足で立って、立派に歩いていく人もあるのです。

わたしは、今あなたが、父親から影響される、受身の被害者意識だけで生きる弱虫であってはほしくないのです。あなたの生き方が父親に影響し、父親の生き方を変えるという積極的生き方のあることも、知ってほしいのです。

罪と許しの問題は、また別の機会に話しましょう。

心からの祈りをこめて。

恋愛と結婚

その一

私はすごくほれっぽくて、すぐいろんな人を好きになります。人間というのは普通なら、ある一定の大人になるまでいろんな人を好きになるのではないかと思います。よっぽどほれっぽくない人は別だけど。去年の今頃あの人好きだったたっけな、と思うことがあるのが普通じゃないかしら、これだと思う人にぶつかるまではそういう形があるのじゃないかしら。私が思うには三つの子供は、三つの子供の背の高さですね、道端の草が非常に高かったら、その子には道端の草しか相手が見えないということでしょう。ところがだんだん背が高くなってくると、向うに田んぼも見えるし、きれいな花畑も見えるしっていうふうに変っていくでしょう。

そういう成長の仕方によって相手に対する見方が変ってくるんじゃないかと思います。ですから私、十八や十九の人の恋愛というのは認めないというのじゃなく、それは成長過程のものであって、よっぽど成熟の止まってしまった人は別だけど、十七、八で好きになった人を一生好きだ、というようなものじゃないような気がするのです。

これは私勝手の考え方ですけど、初めのうちはハンサムが好きだったのが、そんなのはつまんなくなって、もっと内容のあるものを求めたり、内容のあるものでも、ある時はそれが文学的なものにひかれたり、ところが文学的なものだけでは底が浅いような気がしたり……なんていうことで、だんだん固まっていくのじゃないかなあという気がします。

私が前川さんという人に会ったのは私が二十六か七くらいの時でした。彼は非常に立派な人でした。それまでの私のまわりにいた男性というのは、私を人格と認めるより、単に女である、ということの問題であったように思うのです。

前川さんに会って私は人格と人格の結びつきというものを知りました。本当に人間が人間を愛するということは、男が女を愛するんであろうと、女が男を愛するんであろうと、人格というものが基盤でなくちゃならない。だから、一番基盤になるものは友情だと思うのです。私の恋愛は友情的な要素が非常に多い恋愛だったと思います。

いわゆるカッカッとなるような、二人で顔を見合せてだまっているというような、そういうようなものじゃなく、本当に話し合う、対話の楽しさを知った恋人同士だったと思うのです。だから、もちろん彼が死んだということは悲しいことでしたが、彼が死んだということが、私にとって本当の意味で死んだということにならないと思ったのは、愛した人の生き方を自分の生き方の中にとり入れていくことによって、その人を長生きさせることができるからです。

その二

前川さんが死んだ時、私においていってくれた遺言があるのですが、それには「自分にとって綾ちゃんは最初の人であり、最後の人であった。しかし、自分は綾ちゃんにとって、最後の人であることを願わなかった」と書いてありました。そして、「人生というものは非常に苦しく、また、謎に満ちたものである」ということを書いていました。

彼は自分が私にとって最後の人であるということは願わなかったということを繰返し書いてあるのです。これは非常に立派な遺言だと思うのです。「私はあなたを愛しています」というようなことだけ書いてあるのなら、やっぱり、その思い出だけに生きるというようなセンチメンタルな生き方、つまり、ちっともその人を発展させないような生き方しかできないと思うのです。

人生というものの苦しさ、生きることの苦しさ、そして何か約束にしばられた不自然な生き方をしちゃいけないということを書いておいてくれたということはとても素晴らしいことだと思うのです。そうすると私の前に別の人があらわれて、その人のことを好きになっても、死んだ人に対して申し訳ないという気持ちがないでしょう。却《かえ》って喜んでくれていると いう感じです。

私は人間と人間の関係というのはそういうものだと思うのです。前の人のことを好きだから、あとに出てきた人のことを好きになれないなんていうことは無いのじゃないかしら。そのことは心が移りやすいとか、貞潔でないということとは別だと思うのです。

三浦と恋愛というような形になる前に一年くらい間があって、私の枕元には死んだ前川さんの写真が飾ってあり、お骨もおいてありましたから、三浦が病室に見舞にきてくれた時に自然にその話もでるし、三浦は私の過去を全部知った上で、私にプロポーズしました。

私達の結びつきは人格と人格の結びつきだと思っています。ですから、友情という要素が多いのです。三浦に死んだ人のことを話しても、それは友情の部分で話をすることができるし、彼も友情の部分でその話を受けとることができるのです。

そして、私がその死んだ人と真実に生きたということが、三浦にとって非常な喜びなのです。私が過去に真実に生きることがあるということになるわけですから。だから結局三浦にとっては、私に前川さんとの過去があったということが、私と結婚することのもっとも大きな私を知る上での資料であったのではないでしょうか。

三浦は今でも、前川さんの写真をいつも持って歩いています。そして私を通して、前川さんに人格のまじわりといいましょうか、友情をもっているのです。

その三

結婚というものは、相手も自分のいく方向に歩いていく人としなければならないと思います。

ですから、二人の目的は一つであるということです。その人にとって、一番大切なことが芸術であるなら、相手の人もやはり芸術に理解があり、大切にする人でなければ結果は火を見るより明らかということになるのではないでしょうか。

結婚はその人の人生の目的が相手の人と合致した時に、もっともよくいくと思います。

生きる目的を持つということは、自分の人生を主体的に生きるということです。ですから、結婚は自己の確立している大人同士がするべきものです。

私が素晴らしい夫婦だと思っているのは、宮本顕治《みやもとけんじ》・百合子《ゆりこ》夫妻、あの人たちは結婚して何カ月かで、夫が刑務所に入ってしまいました。結婚の最低の条件は一緒に生活するということです。相手は刑務所に入ってしまい生活力はゼロ。名誉も何も無い。年齢は百合子の方が九つ上です。この世的に考えるなら、とても耐えられることではないのですが、こういう状態の生活が十年間続き、素晴らしい夫婦愛が生れました。それは、顕治と百合子の生きる目的が同じだったからだと思います。

それから、高村光太郎《たかむらこうたろう》と智恵子《ちえこ》、あれほど強く結ばれた夫婦はありません。それは芸術という共通の目的において一つだったのです。智恵子の発狂によって、不幸な夫婦と思われますが、あれほど幸福な夫婦はないと思います。

夫婦はお互いに成長していくものです。そして、相手を大切にし、尊重しあえる夫婦でありたいものです。結婚して夫婦になってしまうと、とかく相手に対して不用意になってしまうものです。人間は自分の身近かにいる人に対して、不作法になってしまいます。常に新しく、心豊かな夫婦であるためには、良い意味での精神的緊張が必要なのではないでしょうか。

女の人は結婚の準備と称して、お茶、お花、裁縫に精を出し、タンス、鏡台と豪華なものを買いあつめることに苦心します。しかし妻であるということは、夫と人生を共に歩むということなのです。お料理が上手であったり、お裁縫が上手であることは素晴らしいことです。しかし、それが女であり、妻であることの本質的なことではないのです。極端にいえば、そのようなことは妻でなくとも家政婦でもできることです。

三浦を紹介してくれた牧師さんが言いました。「家庭も教会でなければならない」。これは私たちの家庭生活の大きな力であり、土台です。私たちにとって家庭は、聖書を読み、共にクリスチャン同士として交わる場であり、私たちと同時代に生きる人々に奉仕する目的を持っています。そして、三浦は私の牧師であり、導き手であります。

結婚で何が始まるのか

世界一とほれた夫

「結婚で何が始まるのか」

というこのテーマには、参った。というのは、このテーマへの答えがないからではない。結婚十九年にもなるのに、つい三浦の自慢話が始まってしまうからである。

私は手を痛めているので、私が口述し、三浦が筆記してくれる。私が三浦をほめる言葉を口から出すと、三浦が実にいやな顔をする。そして、

「こんな原稿はおもしろくない」

と、書くことを拒むのだ。

が、正直のところ、私は自分の結婚生活について書こうとすれば、どうしても三浦のことをほめずにはいられないのだ。

むろん三浦だって人間である。短気な点もあるし、全く欠点がないわけではない。だが私は、結婚した時、こう決意したのだ。

「三浦のことであれば、その生き方、しゃべり方、スリッパの脱ぎ方、いびきのかき方に至るまで、すべて世界一だとほれこんでいこう」

そしてそのとおり、私は幸か不幸か三浦にほれこんでしまったのだ。三浦が歌をうたえば、こんなに胸にしみる歌があるのかと、心の底から思いこんでしまう。淋《さび》しい歌をうたえば涙が出るし、楽しい歌をうたえば、踊り出したくなる。が、よく聞いていると、実はリズムが合わない。それでも私は、

(そんなことはいいじゃないか。歌というものは要するに、人の胸にしみればよいのだ。そっとさせてくれればよいのだ)

と思う。だから、わが夫の歌は、藤山一郎《ふじやまいちろう》よりも、伊藤久男《いとうひさお》よりも、私にはすばらしく思われるのだ。

第一、彼は、私に聞かせるために歌ってくれる。そのことが私にはすばらしい。

また、三浦は私には真似《まね》のできない意志の強い人間だと思う。四十を過ぎてから、彼は英会話を学び始めた。どんなに疲れていても、半分眠っていても、朝の六時になれば、イヤホーンを耳に入れて、ラジオを聞く。こんな勉強家はどこにもないと、猛烈に感心する。

世にはもっともっと勉強家の男性がいるかも知れないが、とにかく私の目で見た限

り、三浦はすばらしい勉強家なのである。で、私は、誰の顔をみても、三浦はこのようにして勉強していると、つい自慢したくなる。

こんな私は馬鹿な女房だろう。他の人は聞いて、多分こっけいに思っていることだろう。でも私はかまわないのだ。天下晴れてほめることのできる男性は、わが夫三浦光世だけなのだ。下手に他の男性をほめては、ことが面倒になることがある。それに、妻が夫をほめたとしても、それで家庭が不和になるということは絶対にない。

次に私は、三浦ほど真実な人間はないと思っている。今、そう私が口述すると、三浦は「ないではなく、少ない」と書けと言った。だが、私には、とにかく三浦が世界一なのだ。

それはさておき、なぜ三浦が真実か。三浦は私の療養八年目に私の前に現れた男性である。その前年恋人の前川正を失い、私はその遺骨と遺影を床頭に飾って、彼のありし日を偲《しの》んでいた。

そのギプスベッドに臥《ね》ている私に、三浦は結婚を申しこんだ。

妻の如《ごと》く想ふと吾《われ》を抱きくれし
君よ君よ還《かえ》り来《こ》よ天《てん》の国より

この歌に三浦は心を動かされて、私と結婚する気になったのである。この世に誰が臥《ね》たっきりの女性と結婚したい者があろう。いやあったとしても、何年も待って本当に結婚してくれる男性などいないと私は思う。

こうして三浦は、私の癒えるのを待って結婚した。私は三十七歳になってい、彼も三十五歳になっていた。

この真実が、毎日の生活の中にも現れている。

私たちは朝、聖書を読み、祈ってから仕事を始める。祈るのは三浦である。私は共に心の中で祈りを合わせる。が、私は、いつしか思いがよそに行ってしまうことがある。

(早く祈りが終ればいい)

という、不埒《ふらち》な思いさえ湧くことがある。それほど三浦の祈りは長い。三浦は、親、兄弟、親戚、知人、友人、恩人、牧師たち、教会の人たち、近所の人たち、出版社関係の人々、病人、老人、身障者の人たち、政治に携わる人たちなどなど、実に二百名以上の人々の名を挙げて、その一人一人のために祈るのである。

締切りが迫っている時などは、早く原稿に手をつけねばと、私は焦るのだが、彼は落ち着いて次々と祈っていく。たった一度、地方講演で会った人もその中に出てくる。祈られている人々は、忙しい時間を割いて、三浦がこのように祈っていることなど、知らないだろう。

人に知られなくてもいい、三浦は信仰者として、なすべきことを真実に行っているのである。

結婚で始まらなかったこと

ここまで書くと、三浦はもう止《や》めよという顔をした。そして彼は言った。

「結婚で何が始まったかでなくて、何が始まらなかったかを書いたらどうか」

いたし方なく私は、三浦の言葉に従うことにした。何せ聖書には、

「夫にはキリストの如くに仕えなさい」

と、書いてある。編集者は「何が始まったか」を書けと言い、夫は「何が始まらなかったか」を書けと言う。私は、編集者より三浦に従わねばならぬことになりそうだ。

先《ま》ず言えることは、浮気が始まらなかったということだ。三浦が女性にキスされたのを私は三度ほど見た。と言えば穏やかではないが、これは今年の春、ハワイに行った時の話である。

ご存じのとおり、ハワイにはおもしろい習慣があって、迎えるにも送るにも、レイをかけてくれる。レイをかけてくれるのはよいのだが、ついでに頬に「チュッ」とキスをするのだ。

三浦もハワイで、若い娘たちからキスをされたのだが、その時彼の心の中に情欲が起きたとしたら、彼は浮気をしたことになる。なぜなら聖書には、

「誰でも情欲を抱いて女を見る者は、心の中で姦淫《かんいん》をしたのである」

とあるからである。

私たち夫婦は、ほとんどどこに行くにも一緒に行く。一緒に行かないのは、銭湯とトイレくらいのものだと、私は冗談を言う。いや銭湯だって、よく一緒に行ったものだ。私自身が入らなくても、私が送って行き、また迎えにいく。

それはともかく、一日中顔を合わせていながら、つい二、三丁の所でも二人で出かけてしまう。教会も一緒だし、パーティーも一緒だ。ただ、将棋会館には、三浦は一人で行く。しかしそれも、帰りには私が迎えに行って、一緒に食事をしたりする。

こんなことをして十九年過ぎたから、浮気は始まらなかったのである。むろん、心の中はどうであったか知らないが……。

次にこの十九年間、喧嘩《けんか》らしい喧嘩が起きなかった。朝から晩まで同じ部屋にい、

外出も旅行も行動も共にしながら、私たちは極めて喧嘩の少ない夫婦である。二、三時間顔を突き合わせているだけで、喧嘩が始まるという話を聞いたりすると、こうも喧嘩をしないのは、まちがっているのだろうかと、反省することがある。お互いに欠点を持った人間同士なのだから、喧嘩は始まっていいはずなのだが、なぜか始まらない。

「どうしてかしら」

と、これを書きながら三浦に言う。三浦は、

「綾子がすぐに、びったらこくなるからだ」

と、私に花を持たせてくれる。

「びったらこくなる」

とは、平蜘蛛《ひらぐも》のように、あやまる姿を言う。

私は、何の特技もない女だ。不器用で、手袋一つ編めないし、浴衣一枚縫えない。いや着ているものを、ハンガーにきちんとかけることさえできない、だらしない人間だ。本を棚の中から引き出せば、その棚に戻すことを忘れ、水道の蛇口をひらけば、閉めることを忘れる。押し入れの戸をあければ、きちんと閉めることがない。もの忘れがひどく、タクシーの中に、幾度忘れ物をしたか、数え切れない。

余り威張れる話ではないので、この位にとどめて置くが、三浦はこの私とは正反対なのだ。ひどく几帳面《きちょうめん》で、何を着ても様になるし、使ったものはすぐに元の所に返す。彼は完全ということが好きである。この完全好みの人間と、不完全極まる人間とが、朝から晩まで共にいて、喧嘩にならないというのは、これはもう奇跡というより仕方がないのではないか。

この奇跡は、三浦の忍耐によって得られたものだと思うのだが、しかし彼はそうは言わない。前述のとおり、

「綾子がびったらこくなるからだ」

と言ってくれるのである。

私は確かに、かなり素直にあやまるほうだ。悪いと思えば土下座もする。だが、すぐに同じあやまちを繰り返す。本当にあやまるのなら、私の数々の不完全さは、この十九年の間に、もっと訂《ただ》されていいのである。それがちっともなおっていないのだから、実はあやまったことにならないのかも知れない。しかしそれでも三浦は、寛容に私を受け入れてくれている。

というわけで、喧嘩にまでは、発展しないのである。で、私はよく優秀な若い女性たちに、こう助言することがある。

「後ろ指一本さされまいなどと思って結婚しちゃ駄目よ。わざとでもいいから、失敗なさい。そして、ご主人にあやまるのよ。そのほうが、完全な奥さんより、ずっといいと思うわ」

これは、どの夫婦にもあてはまる助言かどうかわからぬが、私は本気でそんなことを思っている。

愛を学ぶ学校

最後に、あまり書きやすい話ではないが、結婚して始まらなかったことに出産がある。ある人が私に、

「うまずめ」

と、面と向って言ったことがある。私は内心、

「蒔《ま》かぬ種は生えぬ」

と呟《つぶや》いてみた。三浦が実に意志的な人間であることは、英会話の勉強のところでも書いた。が、彼の強固な意志は、性生活にも遺憾なく発揮された。私が子供を生まなかったのは、彼のこの強い意志によってである。ただの一度も、私たちは避妊器具など使ったことはない。

ということは、どれほど三浦の意志が強かったかということを、くどいようだが物語っている。三浦は歌に詠んでいる。

この弱き妻が子を背負ふと思ふだに
憐《あわ》れにて子を願ふ心になれず

つまり、三浦は、長年療養した私の体を思って、意志的に妊娠を避けてくれたのであった。

こう書いてくると、結婚して何が始まったかも、何が始まらなかったかも、結局は三浦へのほめ言葉になってしまう。

しかし私は、それが私の結婚生活の実態だから仕方がないと思っている。私は何かに「家庭とは愛を学ぶ学校である」と書いたことがある。このことは終始変らない私の考えである。

よく、結婚披露宴で、次のような言葉を聞く。

「結婚前は両眼で相手を見なさい。しかし、結婚したら、片眼で見なさい」と。

だが私は、その反対のことを言う。

「結婚しても、両眼をぱっちりあけて、相手をごらんなさい。片眼では見れぬ相手の長所を見落さぬために」と。

私の場合、子供がないので、家庭は夫とただ二人だ。

つまり、自分以外の人間はただ一人である。ただ一人ではあっても、しかしその人間から学ぶことは、実に多いものだ。学ぶ気になれば、毎日学ぶ種はある。私は毎日三浦の生き方の中にそれを発見して、驚く日々なのである。万葉の歌にもある。

難波《なにわ》人葦火《あしび》焚く屋の煤《くす》しあれど
己《おの》が妻こそ常《とこ》珍しき

この「妻」を、「夫《つま》」となおしたら、今の私の心境と言えるだろう。

人に要求することばかりではむなしさから救われない

夫婦で積み重ねた生活の重味

何年か前のこと、わたしは四十近いある男性から次のような話を聞いた。

「ぼくは、妻と別れる気には、絶対になれませんね。なぜなら、ぼくたちは十五年の間、じっくりと性生活を工夫し、積み上げてきたからです。妻と二人で積み上げてきたこの性生活を思うと、今更、他の女と結婚することなど、到底考えられないんですよ。次の女と積み上げるのに、また十五年かかりますからね」

わたしたち夫婦は、性生活は極めて淡白で、あるかなきかである。だから、彼のいうところの、十五年かかって磨きあげた性生活なるものを、いまだに想像することもできない。が、この話は感銘した。というのは、彼が妻と協力して、営々として十五年積み重ねてきた生活があるということに対する感銘であった。二人にしかわからない努力を重ねたという、そのことに、それが性生活であれ何であれ、夫婦のあり方として正しいのではないかと思ったのだ。

わたしの若い友人、といっても彼女は今三十二歳である。彼女は短大を出て二年ほど勤め、同じ職場の人と結婚した。既に二人の子供がいる。

ある朝、夫と子供たちが出て行ったあと、テレビのスイッチをひねると、いつもの男性アナウンサーのにこやかな顔がパッと現われた。昨日も一昨日も、スイッチをひねると、このアナウンサーが現われた。いつも同じ声、同じ表情だ。自分は毎日、こんな同じことを繰返していると思ったとたん、彼女は言いようのないむなしさを感じたという。

「何だ、そんなことで」

と、人は笑うかも知れない。が、わたしはこの友人のみならず、実に多くのミセスから、この「むなしい」という言葉を聞く。果して、この訴えを、わたしたちは、

「ぜいたくな」

と一笑に附してよいのだろうか。どうと言って、取り立てて具体的には説明のしようもないこのむなしさ。これこそが、わたしたちの生活を内部からむしばむ病菌ではないだろうか。むなしさとは、人から生き甲斐《がい》、生きる力を失わせるものなのだ。たとえ、その原因を人に明確に説明できなくても、いや、そうであるほど、その病根は深いと言えないだろうか。

わたしの友人は言った。

「ね、そのむなしさは、丁度、勢《いきおい》よくくるくる廻《まわ》っていた独楽《こま》が、その動きを次第にとめて、くらりと傾いたような、そんな形で襲ったのよ」

なぜ、多くのミセスが、むなしさに陥るのであろう。ミスにも無論むなしさはあろう。しかし、ミスの時代はまだ希望がある。結婚への希望、未来への希望だ。が、この結婚というスタートに一つの問題がある。

未婚の女性は、結婚したら幸せになるという、夢みる時を持つ。好きな人と結婚したら、もう、それ以上の幸せはないと思う時がある。それは、女性のみならず、大方の人が抱く結婚に対する思いであろう。

だから、友人の恋愛が実を結んで結婚すると聞けば、「よかったわね」「羨《うらやま》しいわ」「本当におめでとう」といった言葉が自然に口をついて出る。男性ならば、「畜生、うまくやりやがったな」という心持にもなるわけである。

これが、テレビや映画の完結ならばそれでよい。が、現実はその結婚で幕が下りるのではなく、第二の幕が開いたばかりなのだ。

結婚生活への幻滅とむなしさ

結婚した二人は、翌日から一つ屋根の下で、寝食を共にする。大きないびきも、顔を洗わぬ寝ぼけた顔も、くさいおならも、つまり、人には知られたくないすべてを見せ合って生きて行く。この毎日の繰返しが、何年も、いや、一生続くのだ。

「あの人と結婚したら幸せになる」

と思ったその幸せは、いつまで経《た》っても、定かな形をとっては現われない。月給は安い。物価は上がる。姑とはうまく行かない。おいそれとマイホームも建たない。

次第に裏切られたような思いが、胸の底に澱《おり》のようにたまって行く。そしてそれが、ある日突然、あるいはいつしか、「むなしさ」となって、胸の中をうすら寒い風が吹くようになるのだ。

不幸にはいろいろある。自分の体が病弱だ。夫が浮気した。子供が非行に陥った。姑は小意地がわるい。などなど。

これらの大変な困難の中でたたかっている人は世に多い。が、そうした中で必死にたたかっている人（この中にもむなしさを憶えている人は無論あるであろうが）よりも「むなしい」思いの中に在る人は、はるかに危険なものをはらんでいるのではないか。なぜなら、繰返すが、「むなしさ」は生きる力をうばうものだからだ。

「与うるは受くるより幸なり」

わたしは、「むなしさ」のあまり、それから逃れようとして、さまざまの稽古ごとを試み、結局はそのどれにも生き甲斐を得られずにいる多くのミセスたちを知っている。そして、ついには、他の男と恋の中に生き甲斐を見出そうとして、家庭を破壊した女性や、ある日突如として家出をした主婦や、書置も残さずに自殺した人妻もいる。

愛する人との結婚は、たしかに大きな喜びであった筈《はず》だ。が、それは何と永続しない、うつろい易《やす》い喜びであったことだろう。それはなぜか。それは、何かが欠け、どこかが誤っているからなのだ。

結婚には、出産、子供の成長、夫の昇進、と、結構大きな喜びはある筈である。が、少なからぬ人々が、そのこともまたむなしくなって生きているという事実。これを掘り下げて行く時、わたしたちは、人間とは何かという問題に突き当らざるを得ない。

その人間いかなるものかの一つを言うならば、人間は余りにも相手にのみ要求することが多いものとは言えないだろうか。それが、特に、家庭という何もかもあらわに見せ合う生活に於ては、いちじるしくなるのではないか。

「夫はわたしの気持を理解してくれない。子供はわたしの苦労をわかってはくれない。姑はやさしい口を利いてはくれない。夫はこうしてほしい。子供はああしてほしい」

「くれない」「ほしい」という要求はつまり、不満と期待だけではないか。多くのむなしさは、この生き方から発生するといっても過言ではないような気がする。

わたしは曽《かつ》て、療養中、クリスチャンの主治医から、

「あなたは自分の中ばかりみつめている。もっと隣人に目を注ぎなさい」

といわれたことがある。まだ結婚前で、キリストを求めつつあった頃だった。あなたの隣人に目を注げとは、あなたの愛を必要とし、あなたのやさしい言葉を必要としている人々が傍らにいるのだということである。わたしは、はっと目からうろこの落ちる思いであった。わたしもまた、「ああしてくれない」「こうしてほしい」といういわば乞食根性で生きていた。

それ以来、わたしは「ああしてあげたい」「こうしてあげたい」という姿勢で生きる生き方のあるのを知った。

その後、わたしの恋人が死に、悲しみの中に落ちこんだ時、わたしは同病の人々にせっせと見舞いの手紙を書いた。そして知った。人々を慰《なぐさ》めようとする時に、一番自分が慰められるのだということを。

「夫にこうしてあげたい。姑にああしてあげたい」という姿勢こそ、「むなしさ」を克服するのではないか。「与うるは受くるより幸《さいわい》なり」の聖句は真理である。かく生

きる時、真の協力関係も又生み出されるのではないか。「生き甲斐」の真理は、その点ミスもミセスも同じだとわたしは思っている。

混迷している性についてわたしはこう思う

娘の婚約者を奪った母

わたしの友人が、いつかこんなことを言ったのを覚えている。

「わたしね、一生に一度でいいから、他の男の人と寝てみたいの」

彼女はけっして、いわゆる不まじめな女性ではない。良妻賢母型で、くるくるとよく働く、明るく健康な人妻である。そしてまた、わたしの知る限りでは、彼女たち夫婦は、いかにもしっくりいっている夫婦である。また彼女は性的不満など全く考えられない、むしろ満ち足りている女性である。この彼女が浮気をしてみたいというのは、いったいどこから出てくるのだろう。彼女の場合、好奇心の現われであって、おそらく一生他の男性と遊ぶことなど、ないのではないかと思われる。

しかしながら、いかにまじめに見える女性であっても、その心の奥には「他の男と寝てみたい」という気持ちがひそんでいることなのかもしれない。

それを証拠立てるかのような、幾人かの人妻の浮気や蒸発の例を、わたしは知っている。以前わたしは雑貨屋をしていた。商店は近所の人の消息をいやでも早く知らされる。いろいろな人が出入りして、買い物のついでに話していくからだ。

夫の出勤中に、よく若い男が出入りしているといううわさが広がったかと思うと、ふいに家を出てしまった四十過ぎの人妻もいた。三人の子どもと夫を残してである。

また、しとやかな美しい夫人が、三歳ぐらいのかわいい男の子を夫のもとにおいたまま、蒸発した例もある。

そのほか、夫がほかに女をつくり、四十近いその妻が、二十代の男と結ばれて離婚した例もあった。こんな例は、あげればまだまだある。ただ、わたしが意外に思うのは、その人たちが必ずしも軽薄な感じの女性ばかりではなかったということである。言ってみれば、平凡な、どこにでもいる主婦たちの一人にすぎないのである。

しかし、中にはこんな主婦もいた。この人は若いころ転々と夫をかえた。それは彼女の浮気心のゆえであったか、あるいはそれが彼女の運命であったか、わたしは知らない。やっとおちついた男のもとで、彼女は何人かの子どもを生んだ。色白の、人目を引く人だった。やがて彼女は四十を過ぎ、長女は二十になった。その娘の前に一人の青年が現われ、婚約がととのった。

ところがこの青年は、娘よりもその母親にひかれてしまったのである。そして二人は突然姿を消した。彼女は末の子だけを連れて、夫と子どもたちを捨ててしまったのだ。しかも、自分の娘の婚約者を奪ってである。

わたしには、この女性の気持ちがなんとしても理解できなかった。これははたして母親にできることであろうか。確かに肉体というものは、たいへんな魔性をひそめているのかもしれない。肉体の持つその恐ろしさを、わたしもけっして知らないわけではない。しかし、夫と幾人もの子どもを捨ててまで、娘の婚約者を奪ってしまう情欲は、もはやわたしなどのうかがい知ることのできない女の業《ごう》ではないかと、わたしは思う。

むろんこれは極端な例であるとしても、現代ほど人妻の性の乱れを聞くことはなかったのではないだろうか。

いったい、この現象は何に起因しているのであろう。人間の持つ欲望、あやまれる自由、現代人の孤独、そして虚無などなど、幾多の問題が考えられるのだが、わたしにはとうていこれを解明する力はない。したがって、ささやかな見聞を通しての、つたない私見にすぎないであろうが、以下少しくペンを進めてみよう。

恐るべき空白

一昨年、関西に旅行した時、わたしはある夫人から次のような訴えを聞いた。その人は高等教育を受けた三十代の主婦であった。

「この住宅街は、不思議に同じ年ごろの奥さんがそろっているんですよ。みんな似たり寄ったりの環境で、夫たちは管理職についています。子どもたちも、割合成績がよくて、言ってみれば何の不満もないような家庭がほとんどなんです。でもわたしたちは、朝、夫を送り出すと、仲よしが四、五人集まって、あーあ、つまらないわねえ、と話をするんです」

高級団地に住み、経済的には何の不自由もないその人の話に、わたしは真剣に耳を傾けた。

「今までは、夫の出世や、育児に情熱を注いできたせいでしょうか、何か生活に張りがあったのですけれど、今は充実感がないのです。それでわたしたちは、七十パーセントは満足しているけれど、三十パーセントは満たされていないって、よく話をするんです」

わたしはうなずきながら彼女に言った。

「たいへんたいせつな問題ですね」

「ほんとうですか。でも、こんなことを言うと、他の人は有閑夫人のぜいたくだって笑うんですよ。わたしたち、その三十パーセントの空白を埋めるために、いろいろ努力したんです。最初は連れ立って買い物などに行って、楽しもうと思いました。でもやっぱりむなしいんです。それでろうけつ染めをしようということになって、始めたんですけど、夢中になるのは最初だけで、やっぱりだんだんむなしくなるんです。鎌《かま》倉彫《くらぼり》もやってみました。レースあみもしてみました。でも、やっぱり三十パーセントのむなしさは埋められないんです。中には、はげしい恋愛をしてみたいなんて、恋愛をした人もいますけれど、その人も結局は最後にむなしさだけがあったと言いますわ。しかも、三十パーセントのむなしさだったのが、百パーセントのむなしさに変わってしまったと言うんです」

なるほどとわたしは思った。その後わたしは人妻の恋愛を聞くたびに、つまりはこのむなしさに多くの原因があるのではないかと思うようになった。必ずしも夫の愛が足りないからでもなく、性生活に不満があるからでもない。毎日の、平凡な主婦としての生活の中で、何か満たされないものを、漠然と主婦たちは感ずるのではないだろうか。家庭器具の電化によって、主婦たちに時間のゆとりができた。しかしその時間を、主婦たちは何に使っていいのか、とまどっているのではないだろうか。三十パーセントの空白があると言った前述の女性のように、ほとんどの人が必ず何パーセントかの空白を持っているに違いない。空白という言葉を数字に直すとゼロである。このゼロという数字は、なにげないようでいて実に恐ろしい数だと思う。百かけるゼロもゼロ、一億かけるゼロもゼロ、いかなる巨大な数をも飲み尽くしてしまうのがゼロではないだろうか。自分では、ほんのわずかにすぎないと思っていた不満が、いつの間にか押し広げられて、その全生活にかかってきてそれを飲み尽くす。それは、前述の三十パーセントの空白が、百パーセントの空白に変わってしまったという恋愛の例にも見ることができないだろうか。

愛という名の正当化

ある日ふっと、主婦たちは自分の生活に倦怠《けんたい》を感じ、むなしさを感ずる。そしてこれではいけないと思う。それは確かに何かを求める初めである。だが、何を求めてよいのか、わたしたちはわからないのではないだろうか。そんなとき、何かのきっかけで異性が目の前に現われる。女は愛という言葉が好きだ。それは甘美で魅力のある言葉である。しかし愛という言葉は、一面恐ろしい言葉でもある。それはゼロの数字にも似た恐ろしさをはらんでいる。愛という言葉は、その言葉を使う人によって、どのようにでも変化するからである。幼稚園の子どもも、中学生も、大学生も、おとなたちも、愛という言葉をたやすく使う。それは、牧師が慎重に使う愛とは、かなり違ったものになっている。

それはともかく、愛するという言葉は、少なからず自分の行為を正当化するかくれみのとなる。偶然に会った男性と肉体が結ばれたとする。それをわたしたち人間は、なんと単純に愛であると錯覚することであろう。それは愛という名によって、情欲を正当化しようとするにすぎない。

女性の多くは愛にあこがれている。だが、つかんだそのものは愛ではなく、情欲だったということが多いのではないだろうか。むなしさを真に埋めるものは、けっして情欲ではない。肉欲ではない。だからこそ、愛のうちにあると思っていたその一時期が過ぎると、以前にも増して、やりきれなさ、むなしさに陥ることになるのではないだろうか。

わたしたち人間は、なかなか自分を真に満たし、高めてくれるものに気づかない。また気づこうともしない。その結果、また同じことを繰り返すのであろう。

こうして、情欲は、さらにいびつな情欲を生む。なぜなら、人間の欲望には限りがないからだ。禁じられていることほど、官能の刺激を増すものはない。旧約聖書には

「獣と交わってはならない」と記されている。禁止の言葉があるのは、その事実があったことを裏書きする。

近ごろの雑誌に、ときどき獣姦《じゅうかん》物語が書かれているのを見かけることがある。人間の欲望とはなんと、人間を荒廃させることだろう。

わたしたち人間は、やはり人間であるという自覚に立って生きなければならないと思う。たとえ夫に不満があったとしても、妻である立場、母である立場を捨てて、軽軽しく情欲に走っていいと言えるはずがない。情欲のおもむくままに生きることによって、人間はいったい何を得ることだろう。ただ人格の荒廃がその報酬ではないだろうか。いや人格の荒廃のみならず、家庭の荒廃もまた付随する。

ついこの間、わたしはある雑誌でこんな見出しを見た。

「人妻にも恋愛の自由がある」

わたしはこの言葉を繰り返し読んだ。確かに人間は自由を与えられている。わたしの友人も、確か同じようなことを言っていた。

「人間だもの。男が浮気するんなら、女だって浮気をして、悪いことはないわ」

彼女は三人の愛人を持ち、適当に情事を楽しんでいた。しかし、夫も子どももそれを知らない。三人の子は見るからに伸び伸びと育ち、自分から進んで家事を手伝っていた。成績もよく、夫もまた実直な働き者であった。その家庭が、人目もうらやむほどのなごやかなふんいきであったから、なおのこと彼女の陰の行動がわたしには気になった。万一彼女の情事が発覚したら、いったいどんな家庭に一変するかと、思うだけでもハラハラした。しかし彼女は、わたしの忠告など、一笑に付すだけであった。

「妻にも恋愛の自由があるわ。だれにも迷惑をかけないいんだもの。ほうっておいて」

彼女はその後、近所の中学生と肉体関係を持ち、その少年に刺されてしまった。少年の純な恋は、彼女の正体を見破ったのである。

彼女が言うところの自由な生活の結果は、かかる悲惨なものであった。神が人間に与えた自由とは、はたしてこんな姿であったのだろうか。とは言っても、わたしたちは彼女を笑うことはできない。わたしたちは、自由の真の意味を知らないからである。また知っていたとしても、常に自由でありうることは困難であるからである。

彼女はけっして自由な女ではなかった。単に情欲のとりこだったのだ。とりことはすなわち囚われの身のことである。自由と思いながら、実は彼女は、自分の肉欲に振り回されていたにすぎない。

欲望からの自由

わたしは、人間に与えられた自由とは、自己中心からの自由であると思う。わたしにも、多くの男と遊ぶ自由があるかもしれない。しかしより以上の自由は、遊ばないという自由ではないだろうか。おのれの欲望から真に自由にされるものは、そう簡単に情欲におぼれ込むことはないであろう。フリーセックスということを聞くたびに、わたしはいまこそ真の自由を考えてみるべきときではないかと、つくづく思う。

いずれにせよ、わたしたちの心の中に、刺激を求め、享楽を求める思いがきざしたならば、それがむなしさの変容であることに、すばやく気づかねばならないと思う。そしてそれが夫に原因があるにせよ、周囲に原因があるにせよ、じっくり腰をすえて取り組まなければならない問題だと気づきたいものと思う。

ところで、わたしたちはなぜ結婚したのだろう。なんのために結婚したのだろう。いかにありたくて結婚したのだろう。どんな結婚であったにせよ、それはそれなりにささやかな夢があったはずである。その夢をはばむものは、いったい何であるのか、考えなければならないところに、わたしたちは幾度も立たされる。わたしたちは裏切るために結婚したのか、憎み合うために結婚したのか、はたまた、自己の官能を追うためにのみ結婚したのか。おそらく、けっしてそうではなかったはずだ。

とにかく、人妻が夫と子どもを裏切って情事に身をまかせるというのは、初めからわたしたちの望んでいた姿ではなかったはずだ。わたしたちが望んでいた姿を得るために、わたしたちは現実ともっときびしく対決しなければならない。むなしさを真に埋めるものは何か。人間に与えられた真の自由とは何か。この二つは、絶えずわたしたちが問いつづけなければならない問題だと、切実に思う。

一カ月ほど前、わたしは牧師から次のようなことを聞いた。

「自己主張の果ては死である」と。

牧師は言った。人間は生きている限り、自己主張を持たなければならない。この世に生きる限り、食べ物も食べ、住むべきところも得なければならない。世界には飢えている人もあるからと、もし食事をとらなければ、死んでしまうであろう。しかし、その自己主張も度がすぎては、結局はおのれを滅ぼすことになる。食べたいものを食べたいだけ食べる。ほしい金は、盗んでも、人を殺してでも自分のものとする。情欲のほしいままに身をまかせては、命はもたない。なるほどとわたしは思った。

人妻にも（同時に男性にも言えるのはもちろんである）恋愛の自由があるとばかりに、わたしたちが情欲を追うとき、待っているのは果てしない転落であろう。身も心もすさんでいく自分の中に「自己主張の果ては死である」という言葉が、大きくのしかかってくるであろう。

あやしい関係にまきこまれたくない

ただひとりのひと

わたしの男友だち、それは、わが夫、三浦光世唯《ただ》ひとりである。

わたしは毎朝、起きるや否や、机に向かい、ひるまで水一滴も飲まずに書く。昼食が終わると、すぐにまた机に向かい五時まで仕事をつづける。

この仕事机は友人からもらった、「解剖台」と名づけるほどの大きな机で、一日中、三浦と向かい合って仕事をしている。年中、二人は共にいる。外出時もほとんど二人だ。わたし一人の男友だちができるひまはまったくない。

というわけで、わたしたち夫婦の友だちはいても、「私の男友だち」というのはいないのだ。だが、私にとって、夫の光世は、真の意味の男友だちなのである。

友だちとは、上下の関係ではない。性をこえた人格と人格の関係である。と、すれば、やはり三浦はわたしにとって、男友だちの要素をたぶんに持っている。

朝から晩迄《まで》、一つの机で向かい合っていながら、三浦は一度だって、一人でどこかに気ばらしに行こうと思ったことはないという。

わたしと話をしているのが一番、のんびりと憩えるのだそうだ。わたしもまた、三浦には何でも言える。何でも相談できる。ひまがあれば二人は、何時間でも話をする。話題がつきない。

一緒に絵をかいたり、短歌をつくったり、聖書を読んだり、教会に行ったり、散歩したり、見舞に行ったり、パーティーに出たり、訪問したり、いつも二人で行動する。それでお互いが拘束感がなく、楽しいのだから、これは、本当に他に男の友だちを必要とはしないということなのだ。

他の女性はいざ知らず、わたしは天性浮気性である。だから、わたしが三浦以外の男友だちを持つとしたら、そこには、やはり全く「ときめき」がないと言えないような気がする。

友だちとなる以上、相手を尊敬し、好意を持つわけで、異性としても、相当魅力ある人物ということになろう。魅力ある人物を前に、わたしは「ときめかぬ」ことはないので、たとえ形の上で結ばれなくても、心は傾いてしまいそうだ。だから、妻たる者、自分一人の男友だちを持つべきではないと、わたしはかたくなに信じている。夫婦が本当に愛し合っているならば、自分だけの男友だちの必要はまったくないのではないか。

元来、人間とは不自由なものだ。悪口を言うまいとしても悪口を言い、怒るまいとしても怒り、好きになるまいとしても好きになる。それが人間であろう。こんな人間であるうちは、男女の友情などというあやしいふん囲気に私は巻きこまれたくはない。

男友だちにしろ、女友だちにしろ、わたしたち夫婦は、夫婦の友人としてつき合っている。夫婦の友としての男友だちなら、たくさんいる。が、本当にこれぞ男友だちと言えるのは、やはり私にとっては三浦光世なのである。

母さんは今日くる

もう十二年前のこと、わたしは初めて知恵おくれの子供たちが収容されている施設を訪れた。わたしの友人日野イトさんが、長いことそこの主任保母として働いていたからである。

その時、わたしは十歳ぐらいの一人の少年に話しかけられた。

「まんじゅう甘いぞ、小母《おば》さん」

「まんじゅう甘いぞ、小母さん」

彼は同じことを何度もいい、

「母さん、今日くるんだ」

といった。

「そう、よかったわねえ」

わたしが頭をなでると、少年は嬉《うれ》しそうに、

「母さん、今日くるんだ」

と体をすりよせてきた。

それを見ていた友人が、あとでわたしにいった。

「あの子ね、毎日、まんじゅううまいぞっていうのよ。母親が、たった一度まんじゅうを持ってきて、それっきり二年も来ないのに、母さん今日くる、母さん今日くるっていってねえ……」

この言葉に、わたしは激しい衝撃を受けた。涙がこぼれた。ただ一度、二年前に母が持ってきたまんじゅうのことを忘れず、今日は母がくる、今日は母がくると、待ちつづけている少年の心情に打たれたのだ。

知恵おくれの子でなければ、一度しか訪ねてこない母親を、疾《と》うに恨んでいたにちがいない。何の恨みもなく、ただ、母恋しさに、毎日待っているとは、何と天使のような心であろう。

それにしても、なぜ母親は訪ねてこないのか。もしこれが、知恵おくれの子でなければ、その母は、わが子見たさにしばしば会いに来たのではなかろうか。

この子から母の足を遠ざけたものは、果して一体何であろう。それは多分、知恵おくれの子に対する世間一般の人々の蔑視、理解のなさ、思いやりのなさではないだろうか。その母親は、少年が生まれた時から、その施設に入れるまで、恐らく耐えがたい苦しみと悲しみを味わってきたにちがいない。それは、社会の冷たい視線からもたらされた苦しみであり、悲しみであったろう。

医師でさえ、自分のなき後の知恵おくれのわが子の行末を思って、親子心中をしたという痛ましい記事が新聞に出ていた。もし社会が、この子たちを暖く遇してくれるなら、このような痛ましい事件は起らなかったであろう。

毎日「今日は母さんがくる」と待っている少年にとって、本当は普通の子たちと同様、家庭にあって、父母きょうだいと共に暮らすことが幸福なのだ。すべての子は、両親の許に育つ権利がある。そして、家庭に指導員が出張する形が最も望ましい。

が、今日の社会に於て、それはさまざまな面において不可能である。といって、世間の冷たい目の中で、家族がひとり重荷を負って生きて行くことは、これは、百キロの荷を一生負って生きつづけよというに等しく、至難のことである。

ここに施設の絶対的な必要性があるのだ。日本においては、一般の人たちの故なき蔑視や「人の痛いのは十年でもがまんする」ということわざ通りの冷たさが政治にも反映して、施設は極めて少ない。多くは私立に負っているのが現状である。

幸い、人間都市を宣言するこの旭川市には、市立のつつじ学園がある。わたしも二度ほど訪ねたが、重度の知恵おくれの人たちも、職員の実に親切な指導のもとに、明るく楽しく過していた。よき職員の、よき運営、よき教育を目のあたりにして、わたしも市民の一人として、大きな喜びを持った。が、この施設に収容されねばならぬ人々の、尚《なお》数多いことを聞かされて、胸が痛んだ。

とにかくわたしたちは、市民として、より深い関心をこの施設によせ、精神的にも物質的にも、支援を惜しまぬものでありたいと思う。

F男親子

一九四一年四月一日、F男は母の手に引かれて、旭川市啓明《けいめい》小学校に入学してきた。そして私の受持となった。素直な、賢そうな子だったが、あとで聞いたところによると、もらい子であった。

一カ月に一度の参観日に、F男の養母は必ず学校に来た。そして一時間の授業を熱心に参観し、そのあと懇談会において、なるほどと思わず人をうなずかせるような発言をした。F男の実の父母は病死したこと、F男をもらってから、ほんの数カ月しか経《た》っていないことなどを、打ち明けてくれたのも参観日の日であった。授業参観の時は、F男の母は必ず教室の前のほうの窓際に座った。他の父兄たちが教室のうしろに何人かずつかたまって参観するのとはちがって、ちょっと異様な感じがしないでもなかった。ある日彼女がいった。

「先生、わたしは、自分の子どもだけではなく、クラスの全部の子の様子が知りたいのです」

私はなるほどと思った。自分の子どもの重要な生活の場である学校を、しっかり把握しておきたいという言葉に、誠実な姿勢を私は感じた。その母親には、二人の実の息子と一人の預かっていた子の三人がいた。そこへF男がもらわれたのであった。確か二歳ずつ年齢のちがう子どもたちであった。

「F男はまだ遠慮して、兄弟げんかをいたしません」といっていた母親は、ある日家庭訪問に行った私に大きな声でいった。

「先生！　喜んでください。昨日、F男はお菓子のことで、兄たちと口げんかをしたのですよ」

「!?……」

私はとっさに返す言葉がなかった。が、母親は目に涙さえ浮かべていた。私は大きくうなずいていった。

「そうですか。兄弟げんかをしましたか。よかった、よかった。ほんとうによかったですね」

私も泣いていた。兄弟げんかをすることなど、ふつうの家では親がたしなめることである。しかしこの家では、いつ、ふつうの兄弟のように遠慮なくけんかをしてくれるかと、ひたすら祈る思いでその日を待っていたのだ。私は、己《おの》が腹を痛めて生んだ子を育てている母親たちが、これをどう思うだろうか、と思った。自分が母親であることを、どのように認識するであろうかと思った。

私はこのF男が、遊び時間に友だちと砂場で遊びながら、

「うちの母さんほどやさしい母さん、どこにもいないぞ。日本一だ」

といっているのを、この耳で聞いた。自分の親を、このように胸を張って、明るく誇らかに宣言できる子どもは、そう多くはいないのではないか。しかもF男は実の子ではないのだ。

このF男は、長じて教師になり、東京で高校の教頭を務めるに至った。時折、札幌にいるその親もとを訪ねていることも、幾度か聞いていた。

話は変るが、もう幾年か前のこと、子どもにとって、親の影響と教師の影響と、どちらが大きいかという問題が、よく論議されたことがあった。みなそれぞれの立場で、親が大事だといい、教師が大事だといい、時にはお互いの責任をなすりつけているような場面もあった。詳しくは覚えていないが、私も中学生に聞いてみたものだった。

「みんなはどう思う。あなたたちにとって、先生と親と、どっちが影響があると思う？」

さまざまな意見が出たあと、いかにも自分を投げ出しているような少年がいった。

「ぼくね、小学一年から中学一年までに、十回受持の先生が変った。けど、先生が変ったことで、ぼくはひねくれたりしたことはなかった。しかし、母親がある時出たり入ったりしたのには参った」

私はその言葉を思い出す度に、反射的にF男の養父母を思い、親と子はいかに生きるべきか、と思わずにはいられないのである。

がん告知からの私の生き方

私の一日

現在の生活は、だいたい朝七時に起床。その後、五千歩は歩きたいところですが、体調にもより、なかなか時間がありません。

聖書を読み、祈ります。朝食をすませ、粉ミルクを大さじ二、三杯テンコ盛りにして——スリ切りにすると六杯から七杯——飲みます。それとプロテインをテンコ盛りで一杯半。マッサージを一時間ほどしてもらい、予定では十一時に終わります。これが、十一時に終わると大成功なのですが、うまくいく日はごくわずかです。

その後、調べ物をしたり、原稿用紙二、三枚の仕事ならば、ここですませてしまいます。

そして、昼食。もう一度マッサージ。その間、口述筆記することも、昼寝をすることもあります。普通、仕事にようやく立ちあがるのが、午後三時過ぎです。五時まで集中的に原稿を書きます。口述筆記で二時間。はやい時には二十枚ぐらいの仕事ができます。

文章にあまり凝らないので、始まれば速いのです。机に向かうと、ちょうど映写していくように、映像が胸に浮かび、それを描写していきます。綿々と映し出されるものを文章に変えていきます。こういう方法ですから、構想を考えるというよりも言葉が与えられるというほうが適切だと思います。

小説を書くとき、主人公の運命はある程度、決まっているので、それに合った場面が、その日その日、映像の中で私に与えられるのです。与えられたものを文章にしていくわけです。

私の執筆する様子を知っている人、夫である三浦にも、「絶対に焦らない人」と言われますが、時には、焦ることもあります。

体調がいつも安定しているわけではないでしょう。急に暑くなったり、寒くなったり、気候の変動に伴って、血圧の変動が起こりますから。

しかし「一日の苦労はその日一日だけで十分である。明日はまた明日自身が思い煩うであろう」というキリストの言葉どおりに信じています。

〝一日にできる仕事は、量が決まっている。明日のことは心配しない〟……と。

このような状況で、一日一日の積み重ねで長編小説もできあがりました。旅行して取材をし、膨大な資料を読みながら、いつの間にかできあがっていきます。一つのものが終わると、またつぎのものがスタートして、これもまた、いつの間にかできあがるのです。

小説の内容とかテーマですが、自分で書きたいとか書きたくないとかが問題ではなくて、何か書くべき材料があるならば、書きたくなる、その書く意欲を持っているということが一番大事で、それによって決まってくると思います。

小林多喜二《こばやしたきじ》の母親の話も、三浦が書いてほしいというので始めたのですが、最初は気が進みませんでした。しかし、資料を読んでみて心がつき動かされました。

いつでもアンテナを張り、いろいろな問題に目がいっているのも大事ですが、どんなものにぶつかっても、そのものの本質を見いだすことのできる感性を持っていなければいけないと思っています。

今までの私の病気

私は多病のたちです。生まれたときは臍《へそ》の緒を巻いて「オギャー」と泣くこともできなかったそうです。

幼いときから二十歳過ぎまで、春先というと扁桃腺《へんとうせん》が腫れて四十度近い熱が一週間も続きました。しかも、戦争が終わるとすぐ、二十四歳のとき肺結核を発病し脊椎カリエスを併発。

その頃の肺病は、今のがんと同じように死の宣告に近いものでした。特効薬もなく、多くの人が亡くなったものでした。

十三年間、病と闘い、治ることを信じて治療を続けました。今となっては簡単に十三年間といっていますが、実際は、長い長い時間でした。

生死の問題を考えながらの療養生活でした。死ということを考えない日がなかったと言っていいくらい、若い頃から死を考えさせられたものでした。

死には、なかなか慣れることはできません。人間として生まれて、何に関心を持つべきなのでしょうか。生と死を直視することではないでしょうか。

病気と闘っている状態の中で、三浦という人に出会い、十三年の療養生活に終止符を打って、結婚し、小説を書くようになりました。が、思いがけなくがんを宣告されてしまいました。

一九八二年、直腸がんの手術を受けました。直腸がんを患う七、八年前に大阪に講演に行ったとき、喉《のど》が痛くてどうにもならなくなり、病院に行ったところ医者に「悪質な疾患があるから気をつけるように」と言われたのです。当分は無声音で話をするように、と言われました。これが、私とがんとの最初の出会いです。

それからは、「ありがとう」「すみません」「お願いします」などと書いたノートを持ち歩き、それを示して、声を出さないようにしました。

二年後、大阪で、その医師に偶然お会いし、「まだ生きているところを見ると、がんではなかったんですかね?」と言われました。

組織検査をしたわけではないのですが、おそらくがんであろうと医師は判断していたようです。この喉の痛みは、テルミーという温灸《おんきゅう》療法によって治癒したのではないかと思います。

つぎに悩まされたのが帯状疱疹《たいじょうほうしん》。劇薬をぶっかけたように口が腫れあがりました。一人の女医が「この病気には往々にしてがんが潜んでいることがあるので、特に気をつけるように」と言いました。

その二年後、便に血液が混じったので、「ついに来るべきものがきた」と思いました。それが、直腸がんです。

健康に関する本なども読んでいたので、明らかにがんであると冷静に受け止めました。

ちょうど『日記抄』を婦人雑誌に連載していたので、医者に「私は、ものを書いているのですから、はっきり教えてください」と頼みました。大学病院で組織検査をした結果、間違いなくがんであると知らされたのです。

私の場合、このように順序よく、具合が悪くなり、少しずつ知らされていきました。そういう意味で、上手に告知され、徐々に受け入れざるを得ない状況が作られていきました。突然の告知と違い、うまくレッスンされたのです。

毒でも少しずつ飲んでいくと毒にならない……と。

がん告知

がんも風邪をひいたのと同じように扱ったならば、患者も家族も医者も辛《つら》い思いが軽くなるのではないだろうか、とよく思います。病気ではなく交通事故でも人は死ぬのだから、考え方を変えられないものでしょうか。

人間はみんな死ぬものです。死ぬものだというのをふまえて、生きていくのが本当であって、がんだけを死の宣告のように受け止めるのではいけないと思います。

極端に聞こえるかもしれませんが、オギャーと生まれたそのときが死の告知だと思ってもいいのではないでしょうか。そういう厳しさを小さい頃から持っておく必要があると思うのです。だから、宗教教育は大切ではないでしょうか。

がんは恐ろしい病気であることは言うまでもありませんが、そんなに大変なことのように扱わないで、「なるようになる。なるようにしかならない」とひとつの恵みとして受け入れられないものかと思います。神様の御心ならばという気持を持つと、ずっと楽になります。「神はがんをも創りたもうた」という言葉を聞いたことがあります。神がおつくりになったものならば、何か深い意味があるのかもしれません。

実は、今、私は高血圧に恐れを抱いています。がんより高血圧のほうがよっぽど死と向かい合っていると思います。何しろ、一瞬に勝負が決まるからです。話をしている途中で急にくるかもしれませんから。それにくらべて、がんには準備期間がありま す。痛みとか症状が知らせてくれます。それは苦痛かもしれませんが、死への準備をいやでもさせてくれます。

この世には、実に多くの病気があります。闘病生活を続けている人もたくさんいます。

死の問題でがんだけをクローズアップしすぎているような気がしてなりません。

どんな病気においても、むしろ、病気でないときにこそ、死について学ぶ必要があるのではないでしょうか。だれでも、今日が自分の命日でないと言える人はいないのですから。

〝死〟〝病気〟って何？

私が死について本当に真面目に考えたのは十歳のときでした。人はどうして死ぬのかと考えました。私はどうして死ぬのかと考えた結果、みんなが死ぬ、だけれども、私は死なないという結論を得て、安心して寝たのを覚えています。宗教とは、そういうものだから、本質は掴《つか》んでいたのだと思います。何によって永遠の命が与えられるのか、何が永遠の命なのかも知らず、私は漠然と死なないと思ったようです。

この世に私が必要でなくなったら、神様のもとに召されるのです。私が死んでも神様はいらっしゃいます。この世を創りたもうた神様がいらっしゃるかぎり、死んでも安心だと思ったりします。後に残った人々のことも神様がうまくやってくれるだろうと信じていますし。

しかし、人間なのですから、そんなに死を卒業したような気持にはなれません。多くの、それは多くの迷いがあります。

入院中のことで『道ありき』に書いてあるのですが、これから寝なければいけないベッドは、実は、数時間前まで死んだ人が寝ていました。それでも、落ち着いてベッドに寝て療養をしました。

これは、ちょうど洗礼を受けるときで、そうとう気持に強いものがありました。

四四四というベッドナンバーでも、縁起をかついで不安になったりしません。信仰を持つことは、こういうことだと思っていました。

死んだ人が寝ていたクレゾールの臭いの強いベッドでも嫌だという感じを持たず、その人は、どんなふうな死に方だったのだろうと平安を祈る気持を純粋に持っていました。

人は、神様のお力がなくては、お恵みがなくては、死ぬにも死ねないと思います。私は立派に死ねるとは思っていません。弱いからこそ、神様を信じたのですから。

どんな死に方をしても神様は許してくださると信じて、つらいときは、神様のことを考えます。すべては御心のままにあるのですから。

苦しみに出会ったとき、自分で自分をコントロールすることは絶対にできないと思います。できるものなら、苦しみはないはずで、できないから、私たちにひざまずくことを、謙虚になることを神様は示しているのでしょう。主が主であることを知らしめるための苦しみだと思います。そこにこそ、生きている実感があります。人間として自分が神につくられたものだということを多くの人に本気で信じていただきたいと思います。

今の時代、宗教というものを無視しては、超えて行けないときにさしかかっていると切に思うのです。

世界も大自然も人間も、計りがたい知恵を持ってつくられています。たとえば、病気の症状、〝症〟とは「病を正す」。それほど、すごい治癒力を神様は私たちに与えてくださいました。治癒力を信じるためには、神様が私たちをつくってくださったことを信じなければいけません。

病気とは、いったいどういうものかという例を挙げましょう。

一つは、結婚前、教師をしていた頃の友人で化石のように口もきけず、首も曲がらず、寝たきりという人の話です。

同じ屋根の下に暮らしていたこともあり〝お姉さん〟と呼んでいた人です。

ずいぶん久しぶりにお見舞いに行き「お姉さん」と言って病室に入っていきました。すると、私の声を聞いて、十年このかたぜんぜん声も出ず、首も曲がらず、という人が、キュッと首を曲げて、「あら、堀田先生」って叫びました。「お姉さん治ったの。話ができてよかったわね」と言いました。しかし、それっきり、また、死ぬまで化石となってしまいました。

人間の病気は、非常に複雑だと思います。さまざまなもの、悩みや苦しみなどが絡みついて病気になっているのではないでしょうか。

ウイルスを殺すとか、悪い部分を手術で取りのぞくとか、医学はそればかりやるけれど、人間の心や感情などの複雑なものを見落としてはいけないと思うのです。

つぎは、お医者さんで、脊髄の中にウイルスが入ってしまったという話です。現代の医学では治しようがないというので、弟子の医者たちが集まって、研究材料を提供しました。

そして、その研究をしているうちに、薬を使わないのにウイルスが消失してしまったのです。

実際、病気であっても好きな研究を一つの目的に向かって、喜んでやっているうちにウイルスが死んでしまったのではないだろうか、ということでした。

このように考えてみると、私たちが思っているよりも、人間の病気はもっと複雑らしいのです。

癒しの道は、もっと多種多様ではないかと思います。民間療法をするとせせら笑う医者もいるけれど、私は、それはそれでいいと思います。

希望とか愛とか平和とか、そういったものが、病気を癒すことも多いと信じているからです。

その証拠に、お医者さんに「今日は、とっても顔色がいいね」と一言、言われると、明るい気持になるし、治る希望が持てます。その反対に「そんな青い顔してどうしたの」と言われるとしょんぼりして治る力を失ってしまいそうです。

私もいつもは摺《す》り足で歩いているというのに、三浦がカラオケで歌うと踊る私の足はあがるのですから不思議です。

二年も前から熱心に講演を頼みにいらっしゃる方があり、熱意を感じ、お引き受けして行くことになりました。

ところが、講演会の前日、血圧が二〇〇まであがってしまったのです。ミスしてはいけないと思ったり、緊張したりで、無意識のうちに、何か複雑な要因をつくってしまったらしいのです。

人間は、ほんとうに微妙な繊細なものだと思いました。

結婚――私を支えてくれるもの

私は三浦にずいぶん支えられてきたと思っています。結婚して夫婦となり、過去も未来も受け入れてもらい、許してもらう。もちろん、人間ですから、許せないこともありますが。

結婚を決めたとき、私は病気で寝たきりで、何の可能性も見いだせないかもしれない状態でした。治るのか治らないのかもわからず、ただ、一筋の希望を信じるしかない私に結婚を申し込んでくれました。すごい人だと思います。

いかなる言葉もないような気持でただ、ただ感謝しています。しかも、私は年上ですし。

もし、私と結婚できないのなら、一生、三浦も結婚しないと言ってくれました。また、病に苦しみ、生き方に悩む私をキリストの教えに導いてくれた前川さんの写真をいつも持っていてくれます。

このような愛は、そうそうある愛ではないと思います。この人の愛を独り占めしてもいいのかしらと思うくらいありがたいことが多いものです。

時々「大事にされるのは、収入源だからよ」と言う人がいますが、前にも申しあげたように「一緒に暮らそう」と言ってくれたとき、私は寝たきりで、結婚してからも弱いことのほうが多いのです。そういう貧しい見方で見られるとがっかりしてしまいます。

三浦は、わざわざ言いづらいことを口に出して言ってくれます。確かに正しいことばかりです。本気で言ってくれるので、なんとかそれに応えたいと思います。

愛されている実感、必要としてくれる実感、そういったものから希望が生まれ、不思議な力が出てきます。

〝愛〟とか〝希望〟を忘れてはいけません。人間は一人では生きていけないのですから、近くにある〝愛〟や〝希望〟を見落としたり、見失ったりしないでほしいものです。

私はがんを〝幸せな病気〟と呼びたい

死を考えることは、生を考えること

遠くを見つめることと現在を見つめることは、ひとつのこと、一枚の布のようなものではないか。死を考えることは、生を考えることと同じではないか。今までの人生の多くを病いと共に生き、今も病いにある私には、そう思えてなりません。

たとえば結婚式を挙げている時、新婦はきっと、幸福感に満たされているでしょう。でもその一方で、この幸せが果たして永遠に続くのだろうかと、不安の芽も生まれてきます。幸せのあまり、それを失うことを考えて不安になってくるのです。幸福と不安は、このように一枚の布の裏表なのです。同じように、生と死も一枚の布であり、健康な人にとっても、まだ先にあると思っている死を見つめることと今現在の生を見つめることは、本当はひとつなのではないか、という気がします。

子供の頃から腺病質だった私は、一九四六年に肺結核を発病し、十三年間療養所で療養生活を送りました。後半の七年半は脊椎カリエスも併発したので、ギプスベッドでただじっとしているしかなく、そのうちの四年間は寝返りひとつうつことができなかったのです。

結核になった時、なぜ自分はこんな病気になったのだろうと悲観的には思いませんでした。戦争中、子供たちに「天皇陛下のために死にましょう」などという間違ったことを教えたのだから、これで帳尻があった、ざまぁみろ、みたいな感じもあったのです。

初めてがんらしきものが体に巣くったのは、二十五、六年前のことでした。大阪に講演に招かれたのですが、その頃ずっと喉《のど》が痛かったので、主催者の一人であった耳鼻科のお医者様に診ていただいたのです。そのお医者様は、私の喉を診たとたんに顔を曇らせて「悪質なただれがあるので、一年くらい無声音で話してください」とおっしゃいました。がんだとはっきりは言いませんでしたが、悪質の疾患と言われた以上、がんに違いないと私は受け取りました。

特に慌てふためくわけでもなく、なにかとても静かな気持ちでした。将棋の駒をパチンと急所に打ちこまれた感じ、とでも言えばいいのでしょうか。その時は、特に組織検査をするわけでもなく、喉を大事にしていたら、不思議なことにそれ以上ひどくはなりませんでした。一年後に再び同じお医者様にお会いしたら、「あれっ、まだ生きていらっしゃるところを見ると、あれはがんではなかったのでしょうか」と不思議がってらしたので、やはり喉頭がんだったんだなと、普通のことのように受け止めました。

もちろんその間、決して体調がよかったわけではありません。いつも体のどこかに故障がありましたが、気にとめず仕事をしていたのです。

一九八〇年、私は重症のヘルペスにかかって入院しました。目玉をくりぬかれるような激痛に襲われ、顔半分が劇薬をかけたみたいにただれ、腫れ上がってしまったのです。その時、病院で「痛みは一生ついてまわるかもしれないし、角膜をおかされているので、左目は失明のおそれがある」と言われました。そのうえ、「この病気にはがんがひそんでいることもありますので、がんに気をつけてください」と言うのです。でも気をつけろと言われても、どう気をつけていいのか分かりません。病院でも、どういうふうに気をつけたらいいのかまでは、教えてくださいませんでした。

私はそれらの言葉を、静かに受け取りました。小さい頃から病気がちだったせいで、自分の運命に反抗することなく順応する癖がついていたのかもしれません。また信仰を持っていたことも、大きかったと思います。自分は盲人になるのかと思い、痛みがおさまると、目をつぶって壁をつたい歩きする練習をしてみたりしました。

がんは「特別」ではない

それから二年後、失明はまぬがれましたが、果たして私は直腸がんになり、手術を受けることになりました。診断される前、体の具合からどうやら自分はがんではないかと見当がついたので、医師には、病名を正直に告げてほしいと頼みました。

告知の問題は、一概にこうだとは言えません。がんだと知ったことで、ショックで気力が弱ってしまう人もいるからです。でも私はもし自分ががんであったとしても、がんを特別視しないよう、自分を戒めました。

人は誰でも皆、いずれ死を迎えます。何もがんにかかった者だけが死ぬのではありません。健康な人だって、明日、交通事故で亡くなるかもしれないし、戦争に巻き込まれて死ぬ人だっています。もちろん脳溢血《のういっけつ》や心臓病など、がん以外の病気で死ぬ人も大勢います。それなのにがんと聞くと、不治の病いと思い、死を考える。そんなふうに、がん患者だけが死ぬというような、甘ったれた考えは捨てようと思ったのです。

それに交通事故や心筋梗塞は、ある日、突然訪れます。そして、死に対する何の準備もしないうちに、生が終わってしまう。それに比べるとがんは、死までの時間を教えてくれるのですから、考えようによっては幸福な病気です。死を受け入れるとはどういうことかという、人間にとって根源的なとても大切な問題を、目の前に差し出してくれるのですから。

よく自分や家族ががんなどの病気になると、「何も悪いことをしていないのに、どうしてこんな不幸が……」と嘆く人がいますが、私はそんなふうにも思いませんでした。病気は何かの報いでかかるものでもないし、がんすなわち不幸とも思わないのです。それに、私は自分が「何も悪いことをしていない」などと思ったことは一度もありません。今日もまた、神の前に顔をあげられない生活をしてしまったなと思う日ばかりです。

手術後、十日ばかりたった頃でしょうか。主治医の先生は、「手術で切除したものを組織検査に出した結果、やはり悪性のものでした」とおっしゃいました。がんだと見当はつけていましたが、それをうかがってはっきりがんだと分かると心が定まり、とても静かな平安な気持ちになりました。

すべてを神様に委ねよう。神様は治そうと思ったら治すだろうし、もう召し時だと思えば、そうするだろう。そのどちらであってもいい。すべてを、あるがままに受け入れようと思ったのです。ただ、がん患者だけが死と直面しているといったような甘ったれた考えだけは、自分に許すまいと、繰り返し思ったものでした。死の影が見えた時、恐ろしいのは死そのものではなく、果たして自分が納得した生を生きているかどうか、という点でした。そしてこれから先、死までの間、きちんと生きることができるか。それが恐ろしいのです。心を引き締めなくてはいけないという気持ち。いえ、そんなふうに口に出しては言いがたい、もっと深い気持ちです。

今はがんの治療法が進み、治癒したり進行が止まることも多いのですが、やはり死を意識させる病気であることは確かです。でも死に照らすことによって、私たちは改めて、生の質を自らに糺《ただ》すことができるのです。

どんな健康な人も、死をまぬがれることはできないし、それは明日訪れるかもしれません。でも人は、若さや健康がもたらす傲慢さでもって、死が必ず訪れるものだということを忘れてしまいます。忘れているがゆえに、一日、一日をおろそかに生きてしまう。

でもがんという病いを得ることで、人はハッと立ち止まり、命は限りあることを思い出し、生のなんたるか、どう生きるべきかを、考えることができます。死を思うことで生を考え、生をみつめることで、命あるものに等しく与えられる「死」というものを受け入れられるようになる。そのような機会が与えられたと思うと、病いもまた神の恵みなのだと、私は素直に受け取ることができたのでした。

私は、いつの頃からか、朝目覚めると、「今日は私の命日だ」と思うようになりました。病気のあるなしにかかわらず、誰にとっても、今日という日は命日になるかもしれない。若い人も年老いた人も、健康な人でも病気の人でも、明日も生きていられるという保証はないのだと、心に刻みつけるように思い始めたのです。

もちろん、だからといって聖人君子のような生活をしているわけではありません。だからこそ、今日一日をどう歩かさせてくださいますかと、毎朝、改めて神に頼まないではいられないのです。

手術をして二年たった時、私は小説の取材のため、アメリカ、イスラエル、ギリシャ、イタリアを四十日かけて旅行しました。砂漠にも行き、日中は三十八度にもなる場所も訪れましたが、幸い倒れることもなく取材を終えることができました。

しかしそれから一年後、食欲がなくなり体重は四十キロを割り、腹部が妙に張り、便秘もひどくなりました。もしやと思い、手術をしてくださった主治医の先生に診ていただくと、またポリープが出ていると告げられました。ところがその先生は「すぐに再手術をしましょう」とは言わず、「食事療法でまず便秘を治しませんか?」とおっしゃったのです。

私は、がんという病気になったことは受容するにしても、がんにいいと言われていることは積極的に試してきました。それまでも、がんは熱に弱いと聞いて温灸療法を試したし、肉はなるべく食べず、野菜を多く食べるようにしていました。病気を受け入れるからといって、何も病気に協力することはないのです。たとえ完治はしなくても、がんと共存し、生きていくことはできるはずで、そのためによい方法があれば取り入れたいと思いました。

世の中にはがんの民間療法と言われているものもいろいろありますが、一概に否定はできないと思います。現実にそういったものでよくなっている人は大勢いるのです。ですからがんだからといってやみくもに恐れたり、死の病いだと決めつけず、病院での治療とあわせて、よいと言われていることは積極的に取り入れてみるのもよいのではないかと思います。

今、私は七十六歳になりました。今のところがんはおさまっていますが、決して健康というわけではありません。パーキンソン病にかかって七年たち、体がゆらゆらして安定せず歩くのも大変だし、しゃべろうと思ってもほとんど声が出ません。薬の副作用で幻覚も見えます。でも焦ってもいないし、苛々《いらいら》もしていません。

昨日のことですが、夫と散歩をしながら、今、目に見えているすべてのものが神様からいただいたものなのだと、打たれたような気持ちになりました。今までそういうことを、言葉として口に出したことはありませんが、すべてが神様の贈り物なのだ、善で清くて美しい贈り物なのだと、心の深いところで感じたのです。

鳥が飛んでいる。その当たり前のことが、素晴らしいことのように思え、クロッカスが花を咲かせているのを見つけて、「雪が溶けた時はただ黒い土だったのにね」と声を出したい気分でした。

神はどうして私たちに、心というものをお与えになったのか。それは与えられている一切を受け止めるためではないか。善きものも、苦しいことも、思わしくないことも、すべて受け止めるためではないか。病気もまた、私たちには計りしれない大きな知恵によって、なにか意味があって与えられるのではないか。だから病気もまた恵みであるし、幸せなのだ。そういう気がするのです。

私の心をとらえた言葉

「コップ一つでもその使い途によって値が変る」

私の記憶では、私の父母は、いわゆる子供の躾《しつ》けに熱心であったとは思えない。兄が三人、姉が一人の下に生まれた私は、そのきょうだいたちのすることを見て育った。その兄や姉たちも、厳しい躾けを受けたわけではないから、模範とはならなかった。言ってみれば放任されて育ったのである。

それでも、ご飯粒をこぼして、「目がつぶれるよ」とか、「人の前で足を崩したりしてはいけない」と、私は父母に言われたりした。私の下には弟四人妹一人が生まれたから、おそらく母は子育てに忙しかったのだろう。とにかく躾けらしい躾けは受けずに育った。

私は二十三歳の年から肺結核を患い、長い療養生活を送ることになった。そんなある日、母が私の枕もとでこんなことを言ってくれた。

「綾ちゃん、コップ一つでも使い方によって値が変るんだって。水を入れたら水呑《の》みでしょう。花を入れたら花瓶でしょう。痰を入れたら痰《たん》コップになるでしょう」

私はなるほどと思った。その頃私は、来る日も来る日もギプスベッドに寝たっきりで、おそらく暗い顔をしていたのではないだろうか。私の病室は六畳間の離室だった。南は縁側で、障子を開ければ部屋の中まで陽《ひ》はさしたが、何か暗い部屋だった。北側の窓に裏の家が目近に迫っていたからである。その窓の外に、小犬が飼われていて、夜も昼もよく啼《な》いた。只《ただ》でさえ不眠症の私には、その犬がうるさくてならなかった。折角眠りかけても、犬の啼き声で起こされるのはたまらなかった。裏に繋《つな》がずに、玄関のほうに繋いでくれればまだしも、まるで自分の部屋の中に犬がいるような具合だったのだ。長く病んで神経質になっていた私は、それがあたかも母の責任でもあるかのように、「犬がうるさくて眠れない」と、文句を言っていたものだった。

病気もまた、人間を自己中心にさせるものだ。眠れないとか、痛いとか、食欲がないとか、熱があるとか、そんな自分の辛さだけが一大事であって、その一大事を、常に周囲の者に訴えつづける。そんな甘え、そんなわがままが、即ち病気なのでもあろう。だから病人のある家族は、病人を中心にして生活するようになる。ラジオの音を低くして、話し声もひそやかに、終始気をつかって暮らしている。今考えると、申し訳ないような生活を、親やきょうだいたちに強いていたようなものだ。

こうして、いつの間にか、「病人だから大切にされるのが当り前」という甘えが身についてしまう。一方、「病人だから何の役にも立たない」といういじけた気持も、自分ではそれがいじけと気づかぬままに定着する。そして絶えず、自分のような者は死んだほうがよいのではないかとか、こんな病気ではきょうだいの結婚に差し障りが起きるのではないかと、考えこんだりする。すまないすまないと思う一方で甘え、自己中心になる一方で妙に卑下する。そんな生活が、その頃の私だった。

その私を母はどんな思いで見つめていたのか。当時の私にはわからなかった。どちらかというと、母は理性的な人で、あまり感情的にものをいう人ではなかった。コップの話をするまでに、母の胸にはいろいろとためらいがあったのかも知れない、と私は今にして思う。とにかく神経質で、自己中心で、まだよくキリストのことも知らなかった私だから、私に母は何とか生き方を変えて欲しいと、願っていたのだろう。

幸い、母のコップの話は、私の胸に素直に伝わった。

(私は一体、どのコップだろう)

私は自分を客観的に見る思いで、自問した。きれいな真清水の入ったコップだろうか。いや、そうではない。では、美しい花を挿したコップだろうか。いやいや、人の心を慰める存在ではない。では、痰を入れたコップだろうか。そうだ、人に忌み嫌われる痰コップなのだ。私はそう思い、更に思った。

水を入れたコップは食卓に置かれる。花を挿したコップは、食卓にも机の上にも置かれる。しかし、痰コップは決して、食卓や人目につくところに置かれはしない。私は私なりに、母の言わんとするところがわかったような気がした。私の病室に、次第に真実な友が現れるようになったのは、その後であった。そして、キリストを知るに至ったのである。

あれから三十余年が過ぎたのである。コップの話をしてくれた母も、八年程まえに死んだ。十余年間の長きにわたって、私の看病をしてくれた母。だが、今も尚《なお》、

「綾ちゃん、コップ一つでも……」

と言った母の言葉は、時々私の胸に甦る。そして私は今、どんなコップなのだろうかと、考えるのである。

私を力づけた言葉

敗戦の前後、日本の若者たちは多く肺結核に罹《かか》った。米も魚も配給で、ろくろく食事も摂れなかったから無理もなかった。東京では餓死者も出た。

その肺結核を、人々は「肺尖《はいせん》カタル」と呼んだ。そのほうが、肺結核というよりも、何となく軽く感じられたからである。「肺尖カタル」は「敗戦カタル」に通ずると、シャレのめす者もいたが、今のようにストレプトマイシンや、パスやその他の特効薬もまだ開発されていなかったから、若者たちはずいぶんとこの病気で死んでいったものだ。

この病気に私も罹った。敗戦の翌年の六月、私は結核療養所に入った。伝染性の強い肺結核を恐れ、近所の子供たちは口をおさえて療養所の前を駆けぬけたりした。私は入退院を繰り返し、実に十三年の療養生活を送ることになったのである。

しばらくの間、見舞に来る人は甚だ少なかった。そのうちにストレプトマイシンが出来て、結核の死亡率がぐんと少なくなった頃から、ようやく見舞の人が増えてきた。

とは言っても、げっそりと瘦せていく肺結核は、依然として嫌われていたから、恐れる人は近づかなかった。私の叔父の一人も、私の自宅療養の頃、茶の間までは来たが、私の寝ている部屋には顔を見せなかったものだ。

四年振りに聞く叔父の声暫《しば》しして
吾《われ》を見舞はず帰り行きたり

そんな私にとって、健康な友人より療友のほうが多くなった。菌を撒《ま》きちらしてはならない病気だから、同病者のほうが気楽だった。そして同病者が集まって、「同生会」というささやかな、しかし三百人もの会員を擁する会を作ったことがあった。少し体を動かせる者たちが肩を寄せ合って、当時手に入り難かったビタミン剤、バター等の共同購入をしたり、「同生」という機関誌を出したり、けっこうと病人とも思えぬ働きをしたものだった。私は書記として千円もらい、原稿を集めたり、編集や校正に協力したり、物品の購入に赴いたりした。その幹事の中に、幼馴染《なじ》みの、北大の医学生であった前川正がいた。

健常者と気楽に行き来のできない結核患者の身には、療友は大事な存在だったが、どうしても社会から隔離されているような、狭い世界に私たちは生きていた。私の病状は、一時期小康を保っていた頃もあったが、やがて三十八度近い熱がつづくようになり、夜間の排尿の回数も多くなっていった。背中のひと所が、動かすと妙に痛み、私は脊椎カリエスを疑った。

やはり私はカリエスに罹っていた。初めに痛みを訴えた病院では、ノイローゼだと言われた。次の病院に入院した時には、スリッパが履けないようになり、「なぜもっと早く医者に見せなかったか」と言われるようになった。

こうして私は、ギプスベッドに入ることになった。頭から腰まで、すっぽり入るギプスベッドに、寝返りも打てぬ月日が流れた。私が病床で洗礼を受けたのはその頃であった。こんな寝たきりの私に、幼馴染みの前川正は真実な愛を注いでくれた。病んでいても私は幸せだった。

が、その幸せは長くはつづかなかった。同じく結核患者である彼は、肺結核を治すために肋骨《ろっこつ》切除の手術を受けた。だが結果は失敗だった。彼は手術後七、八カ月後に天に召された。体中から生きる力が失われたような日々がつづき、一年にも及んだ。

祈ること歌詠むことを教へ給ひ

吾を残して逝き給ひたり

前川正の一年忌が過ぎた六月、突如三浦光世が訪ねて来た。紹介してくれた人がいて私を訪ねて来たのだが、紹介者は三浦光世に会ったことはなく、名前から女性と錯覚したのである。この三浦が前川正と同じくキリスト者で、かつ短歌を愛し、更に驚くべきことには、その顔が前川正に実によく似ていた。彼は、私を訪ねる度に聖書を読み、祈り、讃美歌をうたってくれた。

三浦はいつの頃からか、

「あなたは、必ず大きなことをする人です」

と私に言うようになった。私にはその言葉がひどく異様に思われた。私はギプスベッドに寝たきりの病人である。便器を母に取ってもらって寝ている病人である。そして、いつの日この病床から立ち上がる日が来るのか、見当のつかぬ身である。そんな私に、この人はなぜ、「あなたは大きなことをする人です」と言うのか、私は訝《いぶか》った。

私は平凡な女で、優れたものを何ひとつ持っていない。来る日も来る日も、只《ただ》天井を見て寝ているだけの人間なのだ。

（大きなことをするって、いったいどんなことを指すのだろう）

初めのうちは単に訝っているだけだったが、

（もしかしたら、わたしにも何かできることがあるのかも知れない）

と思うようになった。誰かが、

「神は使命のある限り、生かしておいて下さいますよ。つまり、生きているということは、あなたでなければできない使命があるということですよ」

と、ベッドの中の私に言ってくれたことがあった。その言葉も私にとって力となった大切な言葉だった。が、三浦の言葉「大きなことをする人です」という言葉は、不思議に私に希望を与えてくれる言葉となった。


その頃、私は寝たきりの身でありながら、のれんのデザインを考え、病友や、病友の妻たちに協力してもらって、のれんの製作販売を始めた。弟の昭夫《あきお》が、勤めの合間に、道内のデパートや、登別《のぼりべつ》温泉の第一滝本館等に交渉して、販売のルートをつくってくれるようになった。公務員の初任給が一万未満の頃、弟を通して三十万円もの資金を借りるようにさえなったのである。今考えると、よくも療養中の者に、三十万も貸す人がいたものだと驚くのだが、三浦と結婚する時には、すべてその借金を返し、結婚の仕度にも当てることができた。もしかしたら、「大きなこと」というのは、このことかと思ったものだったが、とにかく三浦の言葉は、私に生きる力をもたらしたことだけは、確実なのである。

誰もが顧《かえりみ》ることのない貧しい療養者の私に、「大きなことをする人だ」と言ってくれたことは、それこそ大きなことだった。そしてそれは、愛と信仰がなければ言えない言葉であった。三浦が私の前に現われて五年目、私は病《やま》い癒されて三浦の妻となった。結婚四年後、小説『氷点』を書いたが、これも三浦の励ましによったことは言うまでもない。もとより大きなことはしていないが、今もって三浦の言葉は力となっている。

感謝を知る人間に

人から物を贈られるということは、嬉《うれ》しいことではないだろうか。が、考えてみると、必ずしも喜んでいないのが実情のような気がしてならない。

「あら、また灰皿をもらったわ。灰皿ばかりたまって仕様がない」

とか、

「こんな趣味の悪い壁かけなんか、どこにも飾られやしない」

などと、迷惑がっている人は意外と多いのではないか。わたしは『続氷点』の中に、これに似たことを、辻口夏枝《つじぐちなつえ》という女性の口を通して語らせているが、これは、人間の正直な姿の一面だと思っている。

人間は、人からの頂きものにさえ感謝できないほど、それほど心のない存在なのではないだろうか。感謝するどころか、面とむかって、

「おかあさん、ずいぶんセンスのないブラウスを買ってきたわね。そんなもの、恥ずかしくて着られやしないわよ」

と、母親に喰ってかかる娘すらいる世の中である。

が、わたしの遠縁の八十歳近い婦人だけは、どうもちがうようだ。わたしは時どき、旅先からこの人にもおみやげを買って帰ることがある。すると、この人は財布ひとつでも、おし頂き、子どものように口金をあけたり、しめたりしながら、

「ちょうどお財布がボロになっていましてね、買いたいと思っていたところでした。でも、いつ死ぬかわからぬ年よりが、財布を買うなどぜいたくだと思ったりしていましたのに、思いもかけないこんな立派なお財布を頂きまして、本当にもったいないことでございます」

と涙さえ浮かべて、ていねいにお礼を言われる。この人は、財布のような物でも、帯締《おびじめ》でも、半衿《はんえり》でも、いつも、こうした真実こもったお礼を言って喜んで下さるので、わたしはその度に、その態度に感動し、教えられる。

物を贈るというのは心を贈ることなのだ。物が少しは気に入らなくても、贈る人の心を受けるなら、間違っても不服など言えないはずなのだ。

この人のように、贈る人の身になって喜ぶ心になったなら、どんなに毎日が楽しいことであろう。

ある夜、うちの裏の工場で、夜半に作業をしていて、わたしは煩《うるさ》くて、幾度も目を

醒《さ》ました。朝になって、わたしは三浦に寝不足でかなわないと不平を洩《も》らした。すると三浦は言った。

「綾子、わたしはね、耳が聴こえることを感謝し、自分の寝ている時も、不眠不休で働いている人のことを思っていたよ」

これには、わたしもギャフンであった。参ったと思った。

考えてみると、耳の聴こえない人に、物音が煩くて眠れないなどと言ったら、そんな思いを一度でもいいからしてみたいと言われるにちがいない。

聞こえる耳があたえられていることに感謝し、見える目、歩ける足、話せる舌のあることを、本当に感謝することができたなら、わたしたちの生活は、ずいぶんと明るく変わることができるにちがいない。

足が棒になる迄《まで》立っていても、一生に一度も立てない足の人を思ったなら、そこに自《おの》ずと、たんなる不平不満以外の思いが生まれてくるにちがいない。

無論、だからと言って、目も耳も口も手も足も、酷使してよいということではない。ただ、わたしたちの生活がともすれば、感謝の思いよりも、不平不満に満たされる昨今の世情の中で、感謝できるタネを見まわそうとする姿勢は、大切なのではないかと言いたいのである。それは、誰のためであるよりも、自分自身の、かけがえのない一生を真実な豊かなものにするためにである。

淋しかったクリスマス

その年は、十三年間の療養生活の中で、最も病状のよかった年である。わたしの入っていた療養所は男女合わせて、三十名ほどの小さな療養所であった。みんなの気持がよく合って、毎月一回は娯楽室で楽しい会を持っていた。

クリスマスは、わたしの当番であった。男の患者たちが、どこからか伐《き》って来た二メートルほどのトドマツに、女の患者たちが飾り付けをした。

クリスマス・イブの前夜、わたしの発案で、銘々が用意した五十円以下の品物と決められたクリスマス・プレゼントを、それぞれがこっそりとツリーにぶらさげて来た。それだけで患者たちは明日のクリスマス・イブを待ちかねていた。

翌日のクリスマス・イブには、みんな一張羅を着込み、男も女も見ちがえるほどにパリッとした姿になって、娯楽室に集って来た。ツリーには豆電球がともりテーブルの上には栄養士がこの夜の為に作ってくれたお汁粉とおスシがあった。

先ずクジで決めた順に、これはと思うプレゼントの包みをツリーから外してくる。

全員がもらい終った所で、いっせいに包みを開けた。大きな包みだと思って開けた中には、新聞紙ばかり丸めて入っており、その真中に五円程の鉛筆が一本入っていたり、随分小さな包みの中に、長いことかかって作ったらしい手作りの可愛い人形が入っていたりした。

祝宴になって、これもクジで決められた席にすわる。一組の男女が次々と並ぶようにクジは作られていた。そして、お染久松《そめひさまつ》とか、お宮貫一《みやかんいち》とかいうふうに、その組々に名がつけられ、わたしの作った寸劇の迷セリフを順に言わなければならない。顔を真赤にして、どうしてもセリフを言えない女、あるいは長谷川一夫《はせがわかずお》ハダシの名演技をしてみんなをあっと言わせたり、それは楽しい一夜であった。

「今夜は、名アイデアだったね。あなたを厚生省結核患者慰問長官にスイセンしたい」などと言ってくれた人もいるほど、みんな大喜びであった。

しかし、わたしは自分の病室に帰り、ベッドにもぐりこんで、妙にむなしかった。一滴の酒を飲むわけでもなく、まして乱痴気さわぎをしたわけではない。みんなが楽しみ、かつ喜んでくれたのに、なぜかわたしには妙に淋《さび》しかった。

なぜ淋しかったのか、それはずっと後になって、信仰に入ってからようやくわかったことであった。

つまり、キリストの福音《ふくいん》（喜びのおとずれ）が、あの時のわたしにはまだなかったということである。

近所の子供たち

近所の子供たちを招待して、クリスマス・メッセージを贈り、お菓子や、ささやかな贈物をあげるのが、結婚以来のわが家のクリスマスである。結婚第一年は十人の子供が集まった。年々増えて、六年目の昨年は八十人に近かった。

昭和三十八年の十二月は、朝日新聞の懸賞小説の原稿に追われてとうとう私は三十八度の熱を出した。締切までは一週間しかない。一年かかって書いてきたのに、締切を前にして熱を出したのは打撃であった。原稿の浄書は三浦が手伝ってくれたが、それでもまだ、二百枚以上は書かねばならない。

「ねえ、子供クリスマスは、今年は中止にしましょうよ。新年になってから、クリスマスにしてもいいでしょう?」

熱はある。原稿の仕事はある。とても子供クリスマスどころではないと私は思った。

しかし三浦は断乎《だんこ》として否といった。

「子供たちはみんな楽しみにしているんだ。子供たちを喜ばせるクリスマスをする体力と時間は神さまが与えてくださる。かえって原稿も必ず間に合わせていただけるよ」

菓子袋を六十も作り、クリスマスの装飾をするだけでも、二日はとられてしまう。無理なことだと思ったが、私は夫のことばに従った。今まで、神は間に合わせてくださらないことはなかったと夫のいうとおりのことを、私たちは体験してきたからである。

「子供クリスマスをしたために原稿が間に合わないということになれば、それが聖旨《みむね》なんだからね」

クリスマスの日、子供たちは家の中にギッシリだった。子供たちの喜ぶ顔をみると、私も原稿のことを忘れ、熱のあることも忘れて楽しかった。この子供たちが大きくなったら、毎年クリスマスには楽しかった子供クリスマスの集いを思い出すことだろう。そして失意の時に、苦しい時に、彼らは教会に足を向けることになるかも知れない。祈ることもできないほどつらい時に、クリスマスの夜の祈りを思いだすかも知れない。私はそんなことを思っていた。

原稿はついに全部浄書することはできず、きたないままのもあわせて送ってしまった。十二月三十一日午前二時、二人で祈って荷作った原稿を、神はやはりご存知だった。

神の子の誕生を大勢の子供たちと共に祝福するということが、どんなに大きな祝福をいただけるかということを私は終生忘れられないことと思う。

すばらしい〝愛〟

どこまで本気になれるか

わたしは、いままでに数多くの恩師に会った。それは、父母、夫、夫の家族、若い頃の恋人、信仰の先輩、教師等々、いろいろ様々である。

ある時はまた、一匹の毛虫から、根気ということを学んだこともあった。人間学ぶ気になれば、会う人すべて、そして出会う事件、読む本から必ず何かを学ぶにちがいない。

きょうはその中で、わたしの最も大いなる導き手イエス・キリストに、どのようにして出会ったかを書いてみたいと思う。

わたしは幼な馴《な》じみのある青年に奨《すす》められて、聖書を読む約束をした。先《ま》ず新約聖書から読み始めた。第一頁《ページ》は、キリストの系図がほとんどである。

「アブラハムはイサクの父であり、イサクはヤコブの父、ヤコブはユダとその兄弟の父……」というように、馴じみのない名前がずらずらとつづく。わたしはよほど、このおもしろくない所はとばそうと思ったが、「待てよ」と思った。「このおもしろくない所を、忍耐して読まなければ、聖書を読む資格がないのではないか」そう思ったのである。

そして、聖書はなんと商売っ気のない本だろうと思った。インタルダクション（導入）は、平易でおもしろいのが普通である。こんなおもしろくないことを書いてあるのは、つまり第一の関門なのであろうと思った。いわばテストである。

わたしはどうやら、そのテストを通って次に読み進んだ。ところが、次にはあの有名な、イエスが処女マリヤから生まれたという記事が書いてある。なんという荒唐無稽《こうとうむけい》な話だろうと、わたしは聖書を閉じた。世界中の誰が、こんなことを信ずるであろう。わたしは馬鹿々々しくなった。

が、ここで再び、わたしは「待てよ」と思った。馬鹿々々しくなって、本を閉じさせる所に第二の関門があるのではないか。ここもテストではないか。つまり、どこまで本気で求道しているかと、問われているような気がわたしはした。

考えてみると、その本は少しも読者に媚《こ》びてはいない。読者の気に入るようなことを、最初から並べてはいない。わたしはそれが気に入った。

本当に人を愛せるか？

こうして、来る日も来る日も、わたしは聖書を読むようになった。何もおもしろくなかった。しかし繰り返し読んでいるうちに、次の聖句に心ひかれた。

「安息日は人のためにあるもので、人が安息日のためにあるのではない」

わたしは、この言葉を、自分の好きなように置き換えてみた。法律は人のためにあるもので、人が法律のためにあるのではない。国は人のためにあるもので、人が国のためにあるのではない。こう思って世の中を眺めまわすと、いろんなことがわかるような気がした。資本家の多くは利益のために人があると思っている。人よりも利益が大事なのだ。政治家も、決して最も人間を大切にはしていない。本当に人を最も大切にすることこそ、物事の出発点でなければならない。あるいは根本でなければならない。わたしはつくづくそう思った。

キリストの時代において、安息日は人よりも大事にされていた。その時代にあって、キリストのような大胆な発言は、誰にもなし得るところではなかった。いや、考えることすらできないことであったろう。

わたしは、その大胆で、自由なイエスの人間像に心ひかれ、更に真剣に聖書を読むようになった。そして、三年程後に、次の聖書の言葉がわたしの心を刺した。いや、一変させた。

それは、何の罪もないどころか、人々を愛し、導き、ただ良いことだけをして来たイエスが、二人の強盗と共に、十字架につけられた時の言葉である。十字架に、手と足を釘づけにされながら、イエスは祈った。

「神よ、彼らをお許しください。彼らは何をしているのか、わからないのですから」

なんというすばらしい愛であろう。わたしたちは、自分の悪口を言う人を、心から許すことができるだろうか。自分を罵《ののし》る人を、愛することができるだろうか。ほんの一言悪口を言われても、容易に許し得ないのではないだろうか。

イエスの場合、悪口どころか、死刑に処されたのである。にもかかわらず、イエスは彼らのために、神に祈ったのだ。しかも「悪い奴だから、許してください」とは祈っていない。

「何をしているのかわからずにいるのです」の言葉に、無限の慈愛が滲《にじ》み出ているように、わたしは感じた。十字架の上で、これほどの愛の祈りを、敵のために捧《ささ》げ得るのは、即《すなわ》ち神の人格ではないか。この人格が神から出たものでなくて、何であろう。

わたしは深く感動し、この日、救い主イエス・キリストに従う決意をしたのである。

自らの使命——叱ってくれる人がいるということはなによりの宝だ

わたしは幼い時から、父母にも先生にも、めったに叱責されることなく育った。これはわたしができのよい人間だからではない。叱りづらい子供というものは時々いるものである。

十三年間、肺結核や脊椎カリエスなどで療養した時、病気は神の叱責であると感じ、もし病気にならなければわたしはどんな人間になっていただろうと、幾度思ったことかわからない。

療養中に、三浦を知った。三浦は実に柔和で謙遜だが、一面非常にきびしい人で、今に至るまでわたしはいく度叱られているかわからない。

中でも忘れられないのは、わたしが雑貨屋を経営している時であった。十三年の療養生活から解放されてわずか二年後に、わたしは雑貨屋をやりたいと言い出した。三浦はわたしの健康を心配して反対した。しかしわたしは近所の奥さんたちと仲よくなるには、店を開くのが手っとり早い。仲よくなったらキリスト教の話もできると言って反対を押しきって店を開いた。

何せ人家もまばらな、田圃《たんぼ》の中の小さな店だったが、塩やタバコの権利も取って、何とか経営も上向きになっていった。開店一年後、近所のバス通りに同じような店ができた。

すると、きょうだいや親たちが酒販売の資格を取るようにと言い出した。小さな雑貨屋では酒でも売らないと、経営が困難だったからである。

わたしは、クリスチャンである。聖書には、絶対に酒を飲むなとは書いていない。売るなとも書いてはいない。

だが、わたしたちの教会の人たちの多くはほとんど酒を飲まない。教会の結婚式や葬式に酒が出ることも、ほとんどないと言っていい。酒を飲む人必ずしも悪いことはしないが、飲酒の上での犯罪も世には少なくない。だから酒を売るということには、わたし自身かなりの抵抗を感じた。

一方、両親やきょうだいに熱心にすすめられ、経営上の利益を考えると心が定まらない。特に両親の生活の支え、おてつだいの娘とその弟の学費の仕送りなどのためには、金はあった方がいい。

近所の子供たちに、酒を飲んだ父親はどんなに変わるかとたずねると、みんな、

「酒を飲んでいる時のおとうさんは朗らかで一番好きだ」

と答える。こんな街外れで売る酒は、わたしの思うほど悪いものではなさそうだった。

だが、そうしたわたしに三浦は言葉きびしく叱った。

「綾子のクリスチャンとしての使命は、この店をやること以外にないのか。せっかく長い病気を神になおしていただいて、綾子は酒を売るしか仕事がないのか。綾子はもっとほかに使命があるとわたしは思う。自分の使命に生きようとせず、酒を売るつもりなら、わたしは綾子を離縁する」

わたしは三浦のきびしい叱責におどろいた。それにもまして、自分のいい加減な生活におどろいた。そうだ。わたしには店以外にもっとなすべきことがあるはずだ。わたしはそう思って三浦の前に両手をついてあやまった。そのわたしに三浦は言った。

「わたしよりも神さまによくお詫《わ》びするんだね、綾子。今、酒を売らなければ、お前はもっとよい道を与えられるはずだよ」

あの時の三浦の叱責が身に応えて、わたしは自分の生き方を深く反省した。そして、神を信ずる者としての使命感に燃えて小説を書こうと思い立ったのである。あの時、三浦が叱ってくれなければと、時に思い出しては三浦に感謝している。

叱ってくれる人がいるというのは、何よりも大きな宝だと、叱ってくれる人を持たずに育ったわたしには一層ありがたく思われる。

み心のままに

わが父よ。できますならば、この杯を私から取りさってください。しかし、私の願うようにではなく、み心のままに！

——マタイ26・39

もう、二十年も前のことである。私はその頃、肺結核で血痰《けったん》を出し、脊椎カリエスでギプスベッドに入っていた。もう何年も臥《ね》たっきりで、ベッドの傍らには、いつも便器が置かれてあった。

こんな、私の病床に、ある日女学校時代の友人が、突然訪ねてきた。彼女は特に親しい友人ではなかった。卒業以来、十何年というもの、一度も会ったことがなかった。

彼女は、

「堀田さん、あんた、キリストなんか信じないで私の信仰に入ったら、病気が治るわよ。この信心をもてば、世のいっさいの不幸せが、なくなるのよ」

と、信心をすすめた。彼女の言葉によると、その信心なるものをもてば、病気は治り、経済的に豊かになり、いっさいが「思いのとおり」になるのだという。私が病気なのは、仏罰が当たったのだというのである。早く入信しなければ、さらに恐ろしい祟りがある。それではあまりに気の毒だから、ぜひ入信したほうがよいと彼女はいう。

はたして、その宗教が、彼女の説くとおりに説いているかどうかは疑わしい。まともな信仰は、そんな、おどし、すかしはいわないものなのだから。私は笑って、

「お気持はありがたいけれど、信仰って、そんな、おどされて入るもんじゃないでしょう」

と断った。彼女はきょとんとして、

「だって堀田さん、入信した人はみんな丈夫になったし、お金だってどんどん入ってくるし、ほんとうに、思いのとおりになるのよ」

という。彼女は「思いのとおり」ということばを幾度も使った。私は、

「いやよ。ここに百万円積まれて、入信したらこれをあげるっていわれても、私はごめんだわ。病気は治らなければ、治らなくてもいいの。お金はなければなくてもいいの。あなたはさっきから、信心したら、思いのとおりになるっておっしゃっているけ

れど、私は信仰って、そんな、自分の思いのとおりになることだとは思わないわ」

と言った。彼女は驚いて、

「まあ、自分の思いのとおりにならないで、だれの思いのとおりになるの」

と言う。

「それはね、神様のみ心のままになることなの。神様が、私を病気でおきたいとお思いなら、病気になさっていていいのよ」

「あら、じゃ、治りたくないの?」

「それは治りたいわ。でも、神様が病気でいなさいとおっしゃれば、病気でもいいの」

「わからないわ。じゃ死んでもいいの? 私たちの信仰に入れば必ず治るのよ」

「そう? 必ず治るの? でも、その治った人も、結局はいつかは死ぬでしょう」

「そりゃ、そうだけれど、長生きして、死ぬのよ」

「でも、死ぬことは死ぬでしょう。今、私が死ぬことが、神様のみ心ならば、私は死んでもいいの。自分の思いのとおりになるなんて、気味が悪いわ。人間の私たちの考えてることは、みんなだれも彼も、自分がよかれということでしょう。そんな身勝手な、あさはかな人間の心のままになるっていうことは、かえって恐ろしいわ」

臥《ね》たっきりの病人だが、私はキリストを信じている。仏罰も祟りも恐ろしくはなかった。彼女はなおも入信させようと躍起になったが、私は、

「この聖書一冊よく読んでいらっしゃったら、あなたのお話もよく聞きましょう」

と言った。

自分本位の願い

考えてみると、私たち人間が神に求めているものは、情けないことに彼女が言ったように、「自分の思いどおりになる」ということではないだろうか。神の前に手を合わす時、「商売繁盛、家内安全」をまず願い、「病気が治るように」「希望校に入学できるように」などと祈るのではないだろうか。

つまり、私たちが、神を必要とするのは、自分の「願い」がかなうためだけなのだろう。だから、つい、「苦しい時の神だのみ」で、つらい時、悲しい時、苦しい時にだけ神に手を合わせ、日ごろは、神など思い出しもしないということになるのではないだろうか。そして、つらいことが続くと、「ああ、自分だけが、なぜこんな苦しい目に遭うのだろう。神も仏もあるものか」ということになるのではないだろうか。

私たちは、なんと根強く、自分の人生が「自分の願いどおり」になることを求めて

生きている存在であろう。これでは「自分の願いどおり」にしてくれぬ神ならば、必要はないということになるであろう。

それは、あたかも、自分の思いのままに動かぬ従業員はくびにするという使用者と、少しも変りがない。もしかしたら私たち人間は、神を使用しているつもりなのではないか。形こそ、神の前に手を合わせてみても、その心根は「私の願いをぜひぜひ聞きとどけてくれよ」といっているのではないだろうか。

この自己中心な思い、神を思いのままにしようという傲慢《ごうまん》さ、これが原罪なのである。神を神としないこの姿こそ、人間の最も大いなる罪なのである。

私たちは、いつの間にか「人間のほうが偉い」と思いこんでいる。だから、自分の人生が「神の御思いのなるように」ではなく、「自分の思いのままになるように」と願って少しも、それを不思議としない。

創造主と偶像

その証拠の一つに偶像があげられるだろう。

偶像とは、人間が刻んだもの、造ったものである。神像、仏像、地蔵、その他いろいろ、人間の手で造りあげたものがある。それらは、もともとは、ただの木や鉱物にすぎない。それらを自分たちで造って、自分たちで拝む。考えてみると、こんな滑稽《こっけい》な話はない。人間が造ったものだから、それは、神でも仏でもありはしない。

人間の手は、いろいろなものを作る。いすでも、机でも、汽車でも、爆弾でも、ちり紙でも、鉛筆でも、なんでも作る。偶像にしても、それらは造られたものの一つにすぎないのである。もし、人がちり紙を拝んでいたら笑うだろう。もし、人が鉛筆を拝んでいたら笑うだろう。ならばなぜ偶像に大まじめに手を合わせているのを見て、人は笑わないのか。それは、それらが、ちり紙や、鉛筆と同じく、人間の手で造られたものにすぎないということを、忘れているからである。聖書には、木像を拝む者について、「火に投げこめば、すぐ燃えるものを拝んでいる」と書かれている。

神とは、火に投げこまれて、あえなく燃えてしまうようなものではない。神とは、人間の手で造られるような、そんな卑小なものではない。人間が、ほんとうの神を知っているならば、どうして、そんなチャチなものを造って拝むことができるだろう。

神とは、この全宇宙を造られた方である。そして、私たち人間を造られた方である。造られた私たちが、造ってくださった神を、造るということがはたしてあってよいものだろうか。

私たちは、自分たちが造られたものであることを忘れて、偶像を造り、それに「自分の願いどおり」になるようにと、祈っている。まったく、ナンセンスな話である。私たち人間は、自分の手で造った偶像に「いいか、わしの願いどおりにしろよ」というほど、愚かな者なのだろうか。ほんとうに、この世を造られた、全知全能の御神には祈らず、自分の造った偶像に頭を下げる。これほど、真の神をばかにした話があるであろうか。

聖書には、真の神について、次のように書かれている。「はじめに、神は天と地とを創造された」「神は愛である」「神は義である」と。

「神」は、この天と地とを造られた御方であり、かつ、「愛」の方である。そして、まったく「義《ただ》しい」お方でもあるのだ。よく、「要するに、神は人間の造りだしたものでしょう」と言う人々がいる。キリスト教の神だって、人間が造りだしたものにすぎないと思っている人がある。

そういう人々は、旧約聖書の第一ページから、新約聖書の最後のページまで、真剣に、読んでごらんになるといい。今、私は、神の存在についてうんぬんするつもりはないので、ここで多くは語らないが、旧約聖書で、預言者たちに語られた預言が、どれほど多く成就していることか。それだけを見ても、神の約束の確かさを信ずることができるにちがいないと言いたい。

神の愛

さて、ここで、私は、「神が愛である」、「神が義である」ということを、私たちが本気で信じなければ、真の信仰にはならぬことを、ともに考えてみたいと思う。

先にも述べたように、私たち人間は、この世で自分がいちばん偉い者のように思い、すべて「自分の思いのままに」なるように願う者であり、神を自分の手で造る傲慢な罪深い者である。この自己中心はなんとしても抜きがたく、この自己中心の罪から救うために、神はキリストをこの世に送ってくださった。

神の子キリストは、なんの罪もない御方である。その御方が十字架につけられた。この十字架につくべきは、ほんとうは私たち人間である。が、神はその御子《みこ》キリストを十字架につけることによって、私たちの罪を帳消しにしてくださった。つまり、神が犠牲を払われたのである。本来ならば、神に犠牲をささげるのは、私たち罪深い人間でなければならない。それなのに、神ご自身が、キリストという犠牲によって、人類の罪をお許しくださったのである。

これが、神の愛である。私たち人間には、想像もつかない愛である。

私たちが神を信ずるということは、この神の「愛」と「義」、そして「全知全能」を信ずることでなければならない。

この神の前で、私たちは、「何がなんでも、病気を治してください」とか、「どうして、私はこんなに不幸なのですか」とか言う必要はない。いや、言ってもいい。が、それだけでとまってはならない。なぜなら、神は「愛」の方なのだ。「義《ただ》」しい方なのだ。その御方がなさることに、信頼するならば、そうそう恨みがましく、不足がましく思うことはないはずなのだ。

第一もって、本来ならば、キリストが十字架におかかりにならずに、私たちが十字架にかかるはずであった。その私たちが、キリストのおかげで永遠の滅びから救い出されたのだ。いったい、なんの文句がいえるというのだろう。神が「全人類を永遠に滅ぼす」と言われたら、私たちは滅びていた存在なのである。絶対者とは、こうした畏《おそ》るべき存在なのだ。

私たち人間は、この絶対者を、あまりにも「なめて」かかっているのではないだろうか。この間、説教で牧師もいっておられたが、私たちキリスト信者にしても、心から神が聖なる御方だと信じていない。神の聖を、おのれの低さまで引き下げて「なめて」いるところがあるのではないか。

もし、真に、神を「なめず」に信じ仰いでいるならば、私たちの生活はもっと変らねばならない。祈りにしても、もっとちがったものにならねばならない。自分が、何かを頼む前に、まず、神が自分に何かご用を仰せになってはいられぬかと、心耳《しんじ》をすますはずである。

人間の社会でも、朝、出勤して、まずおのれのなすべき仕事をなすであろう。仕事もせずにぶらぶらして、願いごとばかりするような勤め人はいないだろう。まして、この世を造り、真の意味で、この世を統べたもう神の前に、私たちは朝夕、どんな態度で祈るべきであろうか。

「神よ、お語りください。この私が、神のために、何をなすべきかをお語りくださ い」。私たちは、こう、神に祈らねばならぬのではないだろうか。聖、愛、義の神の前に、私たちは、まず恥ずべき自分の姿を思うのではないか。神の前にまずなすべきは、「神よ、この罪深き私をおゆるしください。今日も、神のみ心に背くことが多いと思います。弱いこの私を、み心に背くことの少ないようにお導きください」と祈ることではないだろうか。すると自然に、「私は、こんな悪い心をもって、あの人のことを考えました。私は、こんな悪い思いですごしております。どうぞ、私に清い心、やさしい心、大きな愛をお与えください」と祈ることになるのではないだろうか。また、「このような罪深い者が、聖なる御神に祈りうる幸いを感謝します。キリストのおかげで、こうして祈ることをゆるされましてありがとうございます。こんな者にも、新しい朝を与えてくださり、見る目、聞く耳、動く手、そして肉親、夫、妻、子どもをお与えくださって感謝でございます」という感謝がささげられるのではないだろうか。そして、「今日なすべきことを教えてください」と再び謙遜に祈り、自分より不幸な人々のため、世界平和のため、社会のために、自分がなすべきことを、神に教えていただこうとするのではないか。

真の神の前に、ほんとうに頭を垂れた時には、こう祈るのが、当然のような気がする。とてもとても、「自分の思いのままになるように」という祈りにはなりえない。あるいは、自分の造った神の前なら、財布の中から、十円玉を出して、さい銭箱にチャリンと投げ入れ、いきなり「商売繁盛、家内安全」と祈れるかもしれないが。

自分たちの願いについては、最後にようやく、「神よ、私のこの病気をどうぞおいやしください。でも、病気でいることが、神様のみ心なのでしたら、このままでよろしいのです。私はご存じのとおり弱い信仰の者ですので、どうか、神様のみ心のようになることを喜ぶ信仰をお与えくださいませ」と述べるのが、絶対者の前に祈る本筋ではないのだろうか。

「絶対者」なる存在とは、文句の言える相手ではないのである。文句の言える相手は「相対者」である。「神がなさることに、文句のあろうはずがない」という信頼、これがほんとうの信仰ではないかと、私は思っている。

私は不信仰で、まったくの話、神を「なめ」たり、神に甘えたりして、いい加減な人間だ。だから、むろん、いつも神に対して「み旨のなりますように」と従順に祈っているわけではない。が、やせても枯れても、神の「愛」と「義」だけは、信じているつもりである。だから、十三年の病床生活の中にあって、私は「早く治してください」という、せっかちな祈りはしなかった。

神様は「愛」の御方だ。「義《ただ》」しい御方だ。まちがったことや、冷酷なことはなさるはずがない。私にとって、今、こうして病気であるというのは、ほんとうに必要なことであり、いいことなのだ。神がなさることに、まちがいがあろうはずはない。こう私は思っていた。だから、治りたいという祈りよりも、「み心のままになさしめ給えと、心から祈れる従順の信仰をお与えください」と祈ったことだった。

死に直面していた私にとって、ほんとうに病気が治ることよりも、その信仰を与えられることが先決であった。病気は治っても、いつかは死ぬ。みんな死ぬ。私は、ベッドの中で、いつもそう思っていた。私にとって重要なのは、今、確かな信仰を与えられたいということであった。たとえ、病気が治っても、神を知らぬ生活には、なんの喜びもないように私には思われた。

人生は、いつ、いかなる災いが起きるかわからない。交通事故、家族の不和、病気、火事、地震、破産などなど、不幸のタネはあまりにも多い。そのたびに、私たちはただ振り回され、右往左往して、苦しい時の神だのみだけをしていて、それでよいのだろうか。災難がないことだけが、私たちの人生の解決になるのだろうか。それだけが、人間の最高の願いであっていいのだろうか。

人間が、人間であるために必要なこと、それは、ただ災難に遭わないということではないだろう。人間を造ってくださった神との、正しい関係を築くこと、それがまず、私たちの第一の願いでなければならないのではないだろうか。そして、神が、私たち人間に何を望んでおられるかを正しく知ること、そのことが、たいせつなのではないだろうか。その時、「自分の願いどおりになるように」ではなく、「神のみ心のままになさしめたまえ」という、絶対信頼の平安が与えられるようになるのではないだろうか。

先日、牧師が「私たちは、手で偶像を造らなくても、キリストの神をさえ、自分の心のままにしようとし、偶像に引きさげていることがある」と言われるのを深い感銘をもって聞いたが、「偶像を拝んではならない」ということは、つまり、自分中心に生きてはならないということなのだ。

神のみ心を知るために

ところで私は、「神のみ心」ということに重点を置いて、これを書いてきた。また、神の存在についてうんぬんするつもりはない、とも書いた。しかし、人によっては、「神のみ心、み心といわれても、神そのものが信じられない」と言われるかもしれない。で、そのことについて、私なりに少し触れておこう。

話は堂々巡りになるようだが、私はやはり、神を信じるには、神のみ心をまず知ることが第一であると言わずにはいられない。

聖書には、「被造物に目をとめるなら、神の存在は認められるはずである」（ロマ1・20）という意味のことが、使徒パウロによって書かれている。これは言わば、一つの有神論である。確かに、大は宇宙から、小はビールスの存在に至るまで、すべては驚異である。ちょっと考えれば、これら被造物が、自然発生的に、偶然にできたとは、とうてい考えられないはずである。そして、こうした見方を押しつめていけば、ほとんどの人は神を否定できなくなるのではないだろうか。が、それはどこまでも論理であり、そこで肯定された神は哲学的な神でしかない。

むろん、そうした論理も神を信ずる助けにならないわけではないが、論理を積み上げていけば神の実在が証明されるかというと、そうはいかない。神のあることも、神のないことも、それを証明する方程式はいまだにないのだ。「私は無神論者だ」などと言っても、多くは論というほどのこともものっていない。

神はどこまでも信仰の対象であって、認識の対象ではない。問題は、神はどのように人間を考えてくださっておられるかなのだ。人間の親にしてもそうである。自分の親を論理的に証明しようとしたり、科学的に判断したりしようとする者はまずいない。そんなことより、どのように親子がかかわっているかが問題なのだ。ズバリ言えば、「私の親は、ほんとうに私を愛してくれているのか。ほんとうに幸せを考えていてくれるのか」ということであろう。親の愛がわかれば、子どもは安心して親のもとにいられる。神と人との関係も同じようなことがいえる。

では、全能の神があるとして、いったい神はどのように人間を考えておられるのであろう。この重大な問題に答えるのが、聖書なのである。

聖書は神の有無についてはほとんど語っていない。前述のローマ人への手紙のような部分もあるが、聖書は、神が存在されるのは当然のこととして、神の意志、すなわち神のみ心を示し伝えているのである。だから、神のみ心を知るためには、聖書をぬきにしては考えられない。しかし、聖書を頭からそのように決めてかかられても、聖書がはたしてそういうものか、どうなのか、それも信じられない、と言われる方もあるかと思う。

私はそういう方に、とにかく読んでごらんになることをおすすめする。少なくとも、新約聖書の福音書だけでも、心をこめて何度か読んでみられることをおすすめする。そして、これは私が自分の小説『塩狩峠《しおかりとうげ》』にも書いたことだが、イエス・キリストの教えをただ一つでも実行してみることをおすすめする。あるいはイエス・キリストのなさったことの一つでもまねてみることをおすすめする。そうすると、イエスの偉大さがわかる。イエスの偉大さがわかれば、イエスが神のみ心を端的かつ完全にあらわされた救い主であることがわかる。いかなるすぐれた芸術作品でも、ばく然と見ているだけではわからない。自分も筆を執り、それを習ってみると、その偉大さがわかってくるものなのだ。

イエスもまた言われた。「私の教えは、私のものではなく、私を遣わした方（神）のものです。誰でも神のみ心を行なおうと願うなら、その人には、この教えが神から出たものか、私が自分から語っているかがわかります」（ヨハネ7・16、17）と。

むろん、聖書がわかるためには、いくらかの時間がいる。人の助けもいる。手引き者が必要だ。勝手な解釈をしないためにも、教会の門をたたき、神父や牧師の指導を仰がねばならない。もしあなたが、わずかな時間をそのために割かれるなら、必ず神を知ることができるのだ。

が、かくいう私の言葉も信じられないという方には、いったいなんと言ったらいいのであろう。私は、自分のたどった道をくわしく語りたいのだが、ここにはその余裕もないし、他の著書に書いてもいる。私はただ、「だまされたと思って、試していただきたい」と申し上げるのみだ。

とにかく、神は、人間を滅びから救い、真の生き方、真の幸福を人に与えようとしていられるのである。この神のみ心を拒まずに、だれしもが受けとめてくださることを、私は祈らずにはいられない。事実、私は、その祈りをこめて、日々つたないペンを執っているのである。

＊作品中には、「知恵おくれ」「乞食」「発狂した」など、現在では差別的とされる表現が一部用いられていますが、著者が故人であること、差別助長の意図で使用していないこと、また執筆当時の時代背景を鑑み、原文のままといたしました。また実在された人物の肩書きや組織名、年数なども、執筆当時のままとしています。

収録作品解題

森下辰衛（三浦綾子記念文学館特別研究員）

第一章

・**この夢は誰の計らい**〈「同朋」1985年4月号（東本願寺）〉
・**私を見守ってくれた暖かい目**〈「四年の学習」1969年9月号（学習研究社）〉
11ページ　菊池寛の「その作品」…『第二の接吻』大正14年刊の長編小説。
13ページ　恋愛小説を書いた…「ほととぎす鳴く頃」という題で書かれたが、その後現在まで行方不明。
・**三平汁の思い出**〈「栄養と料理」1970年3月号（女子栄養大学出版部）〉
15ページ　羽幌…苫前の北側隣の日本海に面した町。
・**ガラにもないこと**〈「名古屋テレビ」47号　1966年11月（名古屋テレビ）〉
・**何のために生まれて**〈「小説新潮」1980年6月号（新潮社）〉
・**ふるさとの中のふるさと**〈「北の暮らし〝冬〟北海道新聞PR版」1979年12月（北海道新聞社販売促進部）〉

・**恐ろしかった夜道**〈「母親教室1年生」1969年8月号(学習研究社)〉

・**クリスマスの思い出**〈「ときのこえ」1977年12月クリスマス特集号(救世軍本営)〉

・**クリスマス・ソングのことなど**〈「朝日出版プロジェクト」1988年(朝日新聞社)〉
＊出版月不明だが原稿に9月19日とメモがある。

35ページ　常田二郎牧師…旭川六条教会の牧師(在任1940〜54年)。

・**わたしたちは忘れてはならない**〈「あさひかわ」1977年6月号(あさひかわ社)〉

37ページ　ニュー北海ホテル…1971年に旭川市五条六丁目に移転新築オープン。

37ページ　五十嵐市長…五十嵐広三《こうぞう》(在任1963〜74年)。

・**豊かな川 流れる煙**〈「朝日新聞」道内版1965年12月21日〉

39ページ　アイヌ墓地…旭川市近文《ちかぶみ》の高台にある墓地で『氷点』に登場する。

39ページ　えんじゅ…槐。マメ科の落葉高木。

41ページ　ジェット機の轟音に…この丘の連なりに旭川空港が開設された。

41ページ　私の小説の舞台となった…見本林は『氷点』の舞台。

・**北国で春を待ちながら**〈「朝日新聞」夕刊 1973年4月10日〉

43ページ　『塩狩峠』の映画化…1973年中村登監督、中野誠也主演による松竹映画。
旭川、夕張などでロケが行われた。

47ページ　「夜は夜もすがら……」…旧約聖書詩篇30篇5節。

・**チミケップ湖**〈「旅情」1969年3月15日（主婦と生活社）〉

・**「懐郷」と「銀の滴・金の滴」に寄せて**〈「グラフ旭川」1991年8月号（グラフ旭川）〉

55ページ　父…三浦貞治。

57ページ　「懐郷」…作詞＝三浦健悦（光世の兄）、作曲＝境田寛、編曲＝上濃裕、唄＝境田寛・船田久美、制作＝サン・オフィスで非売品として作られたカセットテープへの寄稿文で、テープにこの文章を印刷したものが付いている。

57ページ　谷地蕗…エゾノリュウキンカ。日本では本州北部から北海道に分布。葉がフキに似ていることからヤチブキとも呼ばれる。

・**ホン物とニセ物**〈「伝承と医学」通巻13号　1996年12月25日（ポエブス舎）〉

59ページ　片岡鐵兵…大正、昭和前期の小説家。新感覚派の一人。鉄平とも表記する。

・**一期一会**――お家元ご夫妻との出会い〈「淡交」1981年9月号（淡交社）〉

65ページ　お裏のお家元…千宗室。

69ページ　立礼の間…りゅうれいのま。椅子席で点前をするための部屋。

・**人間としての関わり**〈「朝日新聞」1981年11月10日〉

71ページ　ギプスベッド…首から腰までを動かないようにするため

71ページ　患者の形に穴の開いた石膏のベッド。
五十嵐健治…日本におけるドライクリーニングの創始者で
三浦綾子による伝記小説『夕あり朝あり』の主人公。

・**痛い目に遭っても**〈「生活情報iｎさっぽろ」通巻7号　1988年4月20日号（雅プロジェクト）〉

・書評『生命《いのち》をかつぐって重いなあ』福井達雨　著　**わたしたちはなぐられる必要があると思った**
〈「まみず」1975年5月10日（柏樹社）〉

76ページ　止揚学園の園長…福井達雨《ふくいたつう》。止揚学園は現在、障がい者支援施設。

・**自由を求めて生きた高貴な魂**〈『アンネの童話集』1987年11月20日（小学館）〉

79ページ　オランダに逃れた…一家のオランダ移住は、正しくは1933年、アンネ4歳の時。
80ページ　ここで死んだ…アンネが死んだのは、正しくはベルゲンベルゼンの収容所。
83ページ　ゲーテの詩「人間よ気高く……」…「神性」（1776年頃）の一節。

第二章

・大学・高校進学者への手紙　**対話を失うなかれ**〈「朝日新聞」1969年4月17日〉

86ページ　「もし人が、自分は何かを知って……」…新約聖書コリントの信徒への手紙一

8章2節。

・**若くあることのむずかしさ**〈『ほんとうの若さとは何か ――著名人が送る青春へのメッセージ』1989年5月(PHP研究所)〉

89ページ　その時私は…昭和14年。小学校の教師として歌志内の神威尋常高等小学校に赴任した年。

89ページ　「鼡の嫁入り」…インドから伝わったと見られる民話で明治期から初等教育に導入された。

・**あなた自身が親に影響を与える生き方を**〈「女性セブン」1973年8月1日号(小学館)〉

・**恋愛と結婚**〈「婦人手帖」1968年9月〜11月号(札幌婦人会館)〉

101ページ　三浦を紹介してくれた牧師…日本キリスト教会旭川二条教会の竹内厚牧師。ただし、ここでは結婚式でという意味で、最初に二人を出会わせたのは菅原豊。

・**結婚で何が始まるのか**〈「婦人公論」1978年10月号(中央公論社)〉

106ページ　「夫にはキリストの如くに……」…新約聖書エフェソの信徒への手紙5章22節。

107ページ　「誰でも情欲を抱いて……」…新約聖書マタイによる福音書5章28節。

112ページ　万葉の歌「難波人葦火……」…作者未詳『万葉集』巻11‐2651。

・**人に要求することばかりではむなしさから救われない**〈「WOMAN」1973年4月号(講談社)〉

117ページ 「与うるは受くるより……」…新約聖書使徒言行録20章35節。

・**混迷しているについてわたしはこう思う**〈「主婦の友」1969年4月号（主婦の友社）〉

124ページ 鎌倉彫…かまくらぼり。神奈川県鎌倉市特産の彫刻漆器。木地に模様を彫刻し、黒漆、その上に色漆を塗り磨く。趣味としてカルチャー教室などでも扱われる。

127ページ 「獣と交わってはならない」…旧約聖書レビ記18章23節。

・**あやしい関係にまきこまれたくない**〈「なぁーれ」1979年12月号（菱芸出版）〉

・**母さんは今日くる**〈『ここにいのちが──精神薄弱者の生活記録』旭川市社会福祉事務所編集1974年（旭川市）〉

137ページ つつじ学園…1972年7月、旭川市つつじ学園として開園した知的障害者入所更生施設。2006年4月より社会福祉法人北海道療育園が、旭川市指定管理者制度により受託運営。2015年4月、施設名を「つつじの里」に変更。

・**F男親子**〈『ねがいを力にいのちの花ひらく』1996年・発行月記載なし（第42回日本母親大会実行委員会）〉

・**がん告知からの私の生き方**〈「婦人公論」1992年1月号（中央公論社）〉

144ページ 「一日の苦労はその日……」…新約聖書マタイによる福音書6章34節。

145ページ 小林多喜二の母親の話…『母』。

147ページ 『日記抄』…のちに『北国日記』として刊行されるエッセイ。

・**私はがんを〝幸せな病気〟と呼びたい**〈「婦人公論」1998年5月22日号(中央公論社)〉

・**私の心をとらえた言葉**〈執筆、発表等不明原稿〉

166ページ 母…堀田キサ。

・**私を力づけた言葉**〈発表等不明原稿〉*1988年5月17日のメモがあり執筆年月日と思われる。

170ページ パス…パラアミノサリチル酸。

・**感謝を知る人間に**〈「NOWAプレスサービス」1971年10月5日(日本事務能率協会)〉

・**淋しかったクリスマス**〈「基督教世界」1966年12月号(基督教世界社)〉

180ページ その年は…1948年と思われる。結核療養所白雲荘に入所中だった。

181ページ お染久松…歌舞伎、浄瑠璃の登場人物、お染と久松で許されぬ恋に落ちて心中する。

お宮貫一…尾崎紅葉の小説『金色夜叉』の主人公、鴫沢《しぎさわ》宮と間《はざま》貫一。

・**近所の子供たち**〈「週刊 キリスト新聞」968号 1965年12月25日(キリスト新聞社)〉

183ページ 懸賞小説の原稿…『氷点』のこと。

184ページ 「聖旨」…みむね。神の心、または意志。

・**すばらしい〝愛〟**〈『人生の恩師――私の勇気を目覚めさせたもの』1969年1月(大和書房)〉

188ページ 「安息日は人のために……」…新約聖書マルコによる福音書2章27節。

189ページ「神よ、彼らをお許しください……」…新約聖書ルカによる福音書23章34節。

・自らの使命——叱ってくれる人がいるということはなによりの宝だ〈「PHP」1966年12月号(PHP研究所)〉

・み心のままに〈『愛のコミュニケーション』1975年7月2日(女子パウロ会)〉

199ページ「火に投げこめば、すぐ燃える……」…旧約聖書イザヤ書37章19節の以下の文かと思われる。「その神々を火に投げこみましたが、それらは神ではなく、木や石であって、人間が手で作ったものにすぎません。彼らはこれを滅ぼしてしまいました」

◆三浦綾子　年譜◆

1922（大正11）年　0歳　4月25日、旭川市4条通16丁目左2号で父堀田鉄治、母キサの次女（第5子）として誕生。

1929（昭和4）年　7歳　4月、旭川市立大成尋常高等小学校に入学。

1930（昭和5）年　8歳　クリスチャンの一家前川家が隣に引っ越して来る。前川正と出会う。

1932（昭和7）年　10歳　読書への関心高まる。長兄の家業の手伝い、早朝の牛乳配達始める（その後7年間続ける）。

1933（昭和8）年　11歳　初めての小説「ほととぎす鳴く頃」を書く。

1935（昭和10）年　13歳　4月、旭川市立高等女学校へ推薦入学。

1936（昭和11）年　14歳　6月24日、妹陽子結核で死亡。

作文「井伊大老について」を書き、校内外で評判となる。

1937（昭和12）年　15歳　リウマチと称し3カ月間休学。読書に専念する。

1939（昭和14）年　17歳　3月、高等女学校卒業。

4月、空知郡歌志内公立神威尋常高等小学校に代用教員として赴任。

1940（昭和15）年　18歳　代用教員から訓導（正規教員）となる。

1941（昭和16）年　19歳　4月、神威尋常高等小学校文珠分教場へ転任。

9月、旭川市立啓明国民学校へ転勤。

1942（昭和17）年　20歳　夏、西中一郎と出会う。

1945（昭和20）年　23歳　8月15日正午「玉音放送」を聴き、奉安殿にひれ伏して泣く。日本、無条件降伏。

1946（昭和21）年　24歳　3月、敗戦までの国家の欺瞞、教育の過ちに気づき退職。

4月、西中一郎と結納の日、昏倒。

6月1日、肺結核にて旭川市内の結核療養所白雲荘に入る。13年間に及ぶ療養生活の始まり。

1948（昭和23）年　26歳　8月、再度結核療養所に入る。

1949（昭和24）年　27歳　12月27日、結核で休学中の北大医学部学生、幼なじみの前川正と再会、書簡の往復が始まる。

1950（昭和25）年　28歳　6月、西中一郎との婚約解消、斜里で入水自殺未遂。前川正、旭川市春光台において石で足を打ちながら綾子を諌める。綾子、聖書を読み始める。

6月、前川正と共に北海道大学医学部附属病院で受診。

1951（昭和26）年　29歳　10月、旭川赤十字病院に入院。

1952（昭和27）年　30歳　2月、脊椎カリエスの疑いが強まり、札幌医科大学附属病院に入院。

3月、前川正の葉書を受けた日本キリスト教会札幌北一条教会員西村久蔵（『愛の鬼才』の主人公）の見舞いを受ける。

5月、脊椎カリエスと診断される。

7月5日、西村久蔵の導きで小野村林蔵牧師により病床受洗。

12月、前川正、肋骨切除手術。

1953（昭和28）年　31歳　7月12日、西村久蔵急逝。

10月、札幌医科大学附属病院をギプスベッドのまま退院。自宅療養に入る。

11月、前川正が綾子を訪問。これが最後の訪問となる。

1954（昭和29）年　32歳　5月2日、前川正召天。享年35歳。悲しみが深く、1年間ほとんど人に会わずに過ごす。

1955（昭和30）年　33歳　6月18日、三浦光世（旭川営林署勤務）、初めて綾子を見舞う。

1956（昭和31）年　34歳　6月、五十嵐健治（『夕あり朝あり』の主人公）の見舞いを受ける。

1957（昭和32）年　35歳　家の中を歩いたり、起きて食事をしたりできるようになる。

1958(昭和33)年　36歳
7月、幻覚症状のため北海道大学医学部附属病院に入院。2カ月後、退院。

1959(昭和34)年　37歳
1月25日、日本基督教団旭川六条教会で、三浦光世と婚約式。聖書を交換する。
5月24日、日本基督教団旭川六条教会で中嶋正昭牧師司式により結婚式。三浦姓となる。
9月、層雲峡へ新婚旅行。

1961(昭和36)年　39歳
1月、「主婦の友」募集の「婦人の書いた実話」に筆名・林田律子で応募。題名は「太陽は再び没せず」。
3月、旭川六条教会牧師館に留守番として入る。
7月、旭川市東町3丁目（現・豊岡2条4丁目）の新居に移る。
8月、雑貨店三浦商店を開業。
12月10日、主婦の友社からの入選通知。

1962(昭和37)年　40歳
1月、「主婦の友」新年号に入選作「太陽は再び没せず」が掲載される。

1963(昭和38)年　41歳
1月、朝日新聞社が大阪本社創刊85年・東京本社75周年記念1千万円懸賞小説公募を発表。光世と相談、応募を決める。深夜の執筆始まる。
12月31日午前2時、小説『氷点』完成。

1964(昭和39)年　42歳
7月6日、『氷点』1位入選内定の知らせが届く。10日、朝日新聞紙上に入選発表。21日、朝日新聞社本社講堂にて受賞式。
8月、雑貨店閉店。旭川市主催の受賞祝賀会。
12月9日、朝日新聞朝刊に『氷点』連載開始（〜65年11月14日）。

1965(昭和40)年　43歳
11月、長編小説『氷点』刊行（朝日新聞社）。
『氷点』ブームが全国に広がり、作家としての地位を確立する。

1966(昭和41)年　44歳
夏、小樽のホテルで初めて口述筆記をする。

1969(昭和44)年　47歳
12月、光世、旭川営林局を退職。以後、綾子のマネージャーに専念する。

1970(昭和45)年　48歳
4月30日、父鉄治死去。享年79歳。
9月、『塩狩峠』の主人公のモデル・長野政雄遺徳顕彰碑除幕式出席（上川郡和寒町塩狩）。
10月、講演先の大阪で喉の調子悪く、前癌状態と診断される。

1971(昭和46)年　49歳
8月、血小板減少症と診断される。
9月、新家屋を旧宅近くに建築し移転。旧宅を、日本福音キリスト教会連合旭川めぐみキリスト教会に献じる。

1972(昭和47)年　50歳
11月、『細川ガラシャ夫人』取材のため大阪・京都・丹後半島を訪れる。

1973(昭和48)年　51歳
3月、映画「塩狩峠」（監督・中村登）北海道ロケ開始。
12月、映画「塩狩峠」公開。

1975(昭和50)年　53歳
9月、『泥流地帯』取材のため上富良野町、十勝岳を訪れる。

1976(昭和51)年　54歳
9月、心臓発作により、アメリカ、カナダ講演旅行中止。

1977(昭和52)年　55歳
4月、『海嶺』、『千利休とその妻たち』の取材・講演のため、関東・関西・愛知県知多半島・香港・マカオへ旅行。

1978(昭和53)年　56歳
3月27日、母キサ死去。享年86歳。
5月、『海嶺』取材のため、フランス・イギリス・カナダ・アメリカへ旅行。

1980(昭和55)年　58歳
4月、帯状疱疹のため旭川医科大学附属病院に入院。『海嶺』を約3カ月休載。

1981(昭和56)年　59歳
10月〜11月、静養のため伊豆大島に滞在。
11月、初の戯曲『珍版・舌切り雀』を書き下ろす。

1982（昭和57）年　60歳　5月〜6月、直腸癌手術のため旭川赤十字病院に入院。

1983（昭和58）年　61歳　5月、『三浦綾子作品集』全18巻の刊行開始（朝日新聞社・84年10月完結）。

1984（昭和59）年　62歳　5月、上富良野町に『泥流地帯』文学碑建立。5月〜6月、『ちいろば先生物語』取材のためアメリカ・イタリア・イスラエル・ギリシャ各地を訪れる。

1985（昭和60）年　63歳　5月〜6月、『ちいろば先生物語』の取材で京都・今治・東京を回る。体調が悪化、今治からの帰途、大阪で粉ミルク断食療法を受けて好転。

1986（昭和61）年　64歳　6月、『夕あり朝あり』取材のため、東京・上越・茅ケ崎の五十嵐健治ゆかりの地を巡る。

1987（昭和62）年　65歳　10月、『母』取材のため東京に滞在。

1988（昭和63）年　66歳　一日1万歩を歩き、粉ミルクを飲む独特の療法で病魔とたたかう。

5月、群馬県勢多郡東村に詩人・星野富弘氏を訪ね対談。

1989（平成元）年　67歳　5月、結婚30年記念CDアルバム「結婚30年のある日に」完成。

1991（平成3）年　69歳　夏頃より歩き方に変調。

7月、主婦の友社創業75周年記念出版『三浦綾子全集』全20巻刊行開始（93年4月完結）。

1992（平成4）年　70歳　1月、パーキンソン病との診断を受ける。薬の副作用による幻覚と手の震えを発症。

9月、生田原町のオホーツク文学碑公園に三浦綾子文学碑が建立される。

1993（平成5）年　71歳　4月、旭川女子高等商業学校（現・旭川明成高等学校）に「三浦綾子文庫・地の塩」オープン。

1994（平成6）年　72歳　11月、「北海道新聞社会文化賞」受賞。

1995（平成7）年　73歳　10月、三浦綾子記念文学館設立発起人会に出席、挨拶をする。

12月、三浦綾子記念文学館設立実行委員会が正式に発足し出席、挨拶をする。

1996（平成8）年　74歳　3月、NHKが『銃口』をテレビドラマ化。旭川市内ロケ始まる。

7月、薬の副作用による幻覚がひどく、気力体力ともに著しく低下。

8月、回復せず、3本の連載を一時休載。

9月、「三浦綾子記念文学館をつくろう札幌の会」結成総会。小説『銃口』で「第1回井原西鶴賞」受賞。

11月、「北海道文化賞」受賞。

1997（平成9）年　75歳　1月〜6月、リハビリのため札幌の柏葉脳神経外科病院に光世と共に入院。3本の連載を休載。

4月、財団法人三浦綾子記念文化財団発足。

7月、「第1回アジア・キリスト教文学賞」受賞。

7月〜8月、発熱後、体調が思わしくなく、旭川リハビリテーション病院に入院。

8月、「北海道開発功労賞」受賞。

9月、受賞式に出席（北海道開拓記念館）。3日、三浦綾子記念文学館着工。

1998（平成10）年　76歳　6月13日、「三浦綾子記念文学館」オープン。

1999（平成11）年　77歳　4月30日、和寒町に塩狩峠記念館オープン。

7月、発熱のため旭川の病院に入院。

8月、一時回復し転院、リハビリに励む。

9月、心肺機能が停止し危篤に。その後、一進一退するも奇跡的に持ちなおす。

10月12日午後5時39分、旭川リハビリテーション病院で、多臓器不全のため召天。

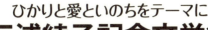

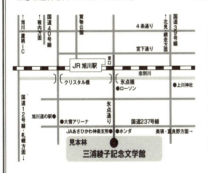

三浦綾子（みうら・あやこ）

一九二二年、北海道旭川市生まれ。小学校教師として軍国教育に献身したことを悔い、戦後、退職。結核で十三年間の療養生活を送る。闘病中に洗礼を受け、五九年に三浦光世と結婚。六四年、朝日新聞の懸賞小説に『氷点』で入選し、作家活動に入る。『塩狩峠』『銃口』『道ありき』など数多くの小説、エッセイを発表した。九九年逝去。

■編集協力／森下辰衛（三浦綾子記念文学館特別研究員）

編集　矢沢 寛

一日《いちにち》の苦労《くろう》は、その日《ひ》だけで十分《じゅうぶん》です

二〇一八年四月二十五日　初版第一刷発行

著者　三浦綾子

発行者　菅原朝也

発行所　株式会社小学館

〒一〇一-八〇〇一　東京都千代田区一ツ橋二-三-一

編集 〇三-三二三〇-五八一〇　販売 〇三-五二八一-三五五五

DTP　株式会社昭和ブライト

印刷所　萩原印刷株式会社

製本所　株式会社若林製本工場

ISBN 978-4-09-388618-5